Erva brava

FÓSFORO

PAULLINY TORT

Erva brava

1ª reimpressão

- 9 Ternura e crack
- 15 O cabelo das almas
- 22 Como nascem os sinos
- 30 Má sorte
- 37 Carne de paca
- 46 Santíssima
- 52 A mulher do pombo
- 62 Mandiocal
- 71 Titan 125
- 80 O mal no fundo do mar
- 85 Matadouro
- 92 Rios voadores

El diablo fue al mar
A escribir la historia del mundo
Pero no había agua
Dios la había bebido

Facundo Cabral

Ternura e crack

SÃO CINCO ESPECTROS QUE SE MOVEM perto do rio, onde a água avança sobre a terra escura, gorgolejando em copos de plástico quebrados e embalagens desbotadas de batata frita. Os espectros, indiferentes à noite, indiferentes ao lixo, se confundem com a escuridão. Enfiam às vezes um chinelo ou a barra de uma calça nas poças que se formam por ali, mas não se importam, sacodem a perna e continuam a deslizar seus corpos espectrais, muito magros e calejados, pela margem do rio. Entre eles, sobe uma coluna de fumaça, sobe um cheiro de queimado, algo artificial, dorido. E os cinco soltam apenas uma palavra, duas, quando precisam chamar a atenção para o cachimbo feito com cano de PVC que compartilham de mão em mão. Os carros fazem ranger as madeiras da ponte velha, lançando sucessivos feixes de luz sobre a margem, sobre a água pútrida que ainda reflete como um espelho e, por instantes, os espectros ganham rostos, espáduas, feridas, igual fossem gente de carne e osso. Um deles está apaixonado e não é correspondido, nunca foi correspondido, o que lhe parece injusto. Não é tão mau assim, não é tão feio assim, sabe jogar bola, sabia, agora não joga mais. Entristecido, ele engole a fumaça. Os outros são mais velhos, alguns têm filhos. Dois não conhecem o pai, um não gosta da mãe. E o que foi criado pela avó tomou mamadeira até os onze anos de idade. Apesar de tantas diferenças, os cinco seguem juntos, amalgamados nessa massa de sede e medo, raiva e cio, ternura e crack. São cinco espectros que se movem perto do rio, depois da ponte, recortados pela fumaça muito fina que sai das gargantas e do cachimbo.

Ninguém mais entra naquela água, só mesmo os espectros, quando precisam se refrescar. O rio Amanaçu agora fede, às vezes mais que fossa. Ficou assim depois das granjas de galinha e de porco, que despejam o mingau dos esterqueiros na água. Não fazem isso todos os dias nem todas as semanas, mas de tempos em tempos. Então a vila apodrece e os peixes morrem afogados na merda, depois melhora, como hoje. A noite está quente, um dos espectros arranca a camiseta e os chinelos e se joga na água, nadando devagar até alcançar uma das colunas de madeira que sustêm a ponte. Ergue os braços acima da cabeça para chamar os outros, ninguém dá atenção. Quando volta, uma nova rodada do cachimbo está em curso, ele resiste, sente-se fresco e apaziguado pelo rio, mas acaba cedendo. As pessoas que caminham do outro lado e que não se aproximam mais daquela margem, onde pululam os espectros, olham para eles. Casais de namorados, pais e mães, beatas de terço, crentes, toda sorte de simples depravados olham para eles e sentem arrepios, temem pelos próprios filhos, não sabem o que fazer. Isso é coisa que nunca imaginaram em Buriti Pequeno. De longe, não os reconhecem, mas sabem quem são, porque são sempre os mesmos. E os espectros olham para a margem iluminada pelos postes, para a calçada muito reta onde as pessoas desfilam em trajes de domingo, sentindo que existe nessa distância algo invencível. Parece que veem os citadinos pela televisão, personagens de uma novela antiga. E, aos citadinos, eles parecem saídos de um filme de terror. Repulsivos, cadavéricos, cobertos de chagas.

O que entrou na água se deita no chão, usando os chinelos e a camiseta ainda seca como travesseiro, cruza as mãos atrás da cabeça. Enquanto a umidade se desprende do corpo, olha para as nuvens rarefeitas que encobrem o quarto minguante. Tosse, sente cheiro de amônia nos cabelos e na pele. É um cheiro ruim, mas familiar. Não que sinta gosto, só vontade de continuar sentindo aquele cheiro. De cócoras, outro espectro desenha na terra com um pedaço de pau, perfaz triângulos, corações, linhas em zigue-zague. Outro cutuca a casca de uma ferida que lhe salta da bochecha, puxa os pedaços esbranquiçados para examiná-los dentro do que a escuridão permite e depois os atira longe. E assim os cinco se distribuem pela margem, ensimesmados, ocupados nessas pequeníssimas tarefas. Quando o torpor começa a se dissipar, o espectro que entrou na água ergue a cabeça e vê que do outro lado a calçada está vazia. Os citadinos já se recolheram às suas casas, aos seus derradeiros programas de domingo. Muitas tevês estão ligadas àquela hora, ele sabe. Muitos pijamas limpos estendidos sobre as camas, muitos pratos forrados com sopa de galinha, bife, batata, bolo de trigo. O espectro pensa no perfume que os lençóis têm assim que são tirados do varal, pensa na espuma fria dos sabonetes, se lembra de como eram grossos os caldos que repousavam nas panelas e cristalina a luz que atravessava os vidros das lâmpadas nos quartos de dormir. Deitado agora com a cabeça de lado, o rosto rente à terra, nota que um sexto espectro atravessa a ponte carregando duas sacolas plásticas. De chinelos remendados com pregos, o sexto se aproxima e diz boa noite. Os cinco murmuram cumprimentos. Nas sacolas, há pães e uma garrafa de guaraná, em torno dos quais eles se reúnem. Agora conversam um pouco, falam de possibilidades, de pessoas e lugares onde podem conseguir aquilo que buscam incessantemente. O problema é ter mais noia que pedra nas margens desse rio, pensa aquele que há pouco se refrescava no Amanaçu. Não há mais nada para os cachimbos e o sexto espectro, diante deste fato, se ressente.

Satisfeitos com os pães e o refrigerante, dois espectros se despedem do grupo e partem. Depois de atravessarem a ponte, cada um toma uma direção. O que levou as sacolas não se conforma com a falta de sorte e insiste com os demais, não terá sobrado algo, nem uma pedrinha sequer? Mas de fato não há nada, ele terá de buscar em outras margens. Como, se aqui somos apenas nós? O espectro que entrou na água ergue os ombros, sem resposta. O sexto começa a roer as unhas, mas estas já quase não existem, e ele devora as cutículas desfeitas em panarícios. Um vento morno carrega as sacolas vazias que antes guardavam os pães e o refrigerante, encrespa a superfície da água, é tarde, não há mais nada que possam fazer. Sentados em círculo, um sugere acender uma fogueira. Esse espectro se levanta e, em posição de semeadura, cata a galharia que se espalha ao redor. Volta com um ramalhete nos braços. Armados os galhos em uma pilha, um segundo espectro saca do bolso o isqueiro. Com um pedaço de jornal que voava a esmo, acende o lume. Eles dispõem as mãos em torno do fogo, não porque faça frio, mas pelo prazer do calor. O sexto espectro pergunta se não haveria um restinho de cachaça em uma das garrafas jogadas nos fundos do Bar do Meio, ao que ninguém dá certeza. Ele caminha até o monte de garrafas, verifica uma a uma, vira na boca as gotas que encontra, quase nada, não encheriam um dedal. Larga as garrafas espalhadas no fundo do bar, volta para junto dos demais espectros e atira à fogueira o que encontra ao alcance da mão, papéis, tampinhas, uma caixa de fósforos vazia. Cada material empresta uma cor diferente ao fogo, assim como às faíscas e à fumaça que sobe ondulada pelo vento.

Os morros em torno da cidade são densos. Neles, não há uma fagulha de luz e suas silhuetas lembram animais distantes, um dinossauro, uma baleia, um rinoceronte. Mas os bichos que os morros escondem são de outra ordem, de outro tipo, tatus-canastras, jaguatiricas, ouriços. Os espectros escutam os sussurros que vêm de lá, as falas dos animais, a madeira que estala no fogo, o rio sujo que volteia as pedras. Apenas escutam, escutam, até que distinguem um som de motor de carro vindo do outro lado da cidade, uma barafunda nervosa de curvas e gasolina. O som se aproxima, o carro aparece. Atravessa a ponte, joga sobre eles uma luminosidade ferina e cambaleia na terra em direção à fogueira. Com olhos contraídos, os espectros tentam, mas não conseguem identificar quem está ao volante. Um deles cobre o rosto com os braços, xinga. O sexto é o único que persiste na tentativa de ver quem vem lá e o primeiro a perceber que o homem que salta do carro segura um revólver. Ele cai sentado, só então os outros se dão conta do que se aproxima. O espectro que entrou na água titubeia, não sabe se corre nesta ou naquela direção, e acaba parado diante do homem armado, enquanto os demais aproveitam e escapam por onde dá. A fogueira tem mais brasas que fogo, não oferece luz para ver as feições dele, apenas a cabeça gorda, redonda e calva, contornada pelos faróis do carro. O espectro que entrou na água vê a fumaça sair do cano de escapamento, pensa no absurdo de driblar o homem e entrar no carro para fugir, mas sabe que não tem chance.

    O homem dá dois passos em sua direção, sustentando a arma. O espectro, que não entende a razão desta abordagem, tenta se lembrar de algum desafeto, alguma briga recente, algum pequeno furto. Rememora os erros cometidos e há muitos, mas nada proporcional a isso. Sem compreender o que leva esse homem a ameaçá-lo de forma tão decidida, encolhe sob a mira do revólver. Não sabe se levará um tiro ou se tudo não passa de uma brincadeira de mau gosto. Não sabe se morrerá, se a morte chegará lenta ou a galope, e essas incertezas se espalham pelo seu corpo com o efeito de uma anestesia. Turvado, une as mãos junto ao peito e abre a boca devagar, precisa de uma explicação. O que eu fiz pro senhor? O homem com revólver ri. O riso se transforma em gargalhada, a cabeça tomba para trás e a luz dos faróis enfim revela uma identidade. O espectro sente as pernas se desmancharem, agora compreende tudo, cai de joelhos. A vida começa a se desprender, a sair pelos poros. Cobre o rosto com as mãos, chora aos soluços. O homem com revólver fica sério outra vez. Não tem vergonha de chorar desse jeito, seu viciado de merda? O espectro nada responde, apenas pousa as mãos sobre as pernas e permite que seu rosto esteja à mostra, côncavo, encharcado de secreções e abandonos. Por que teria vergonha de chorar, de se acovardar diante do fim? Através das lágrimas, tenta enxergar pela última vez a cidadezinha onde nasceu. Vê a tinta descascada nas vigas da ponte, a alvura desconcertante da igreja, os detalhes nas molduras das janelas coloniais, a face oleosa do rio, coisas nas quais nunca havia reparado bem. Percorre os bancos de cimento, as fachadas das lojinhas humildes, a cúpula do coreto no centro da praça, todos esses lugares que perdem vida nas horas silentes da madrugada. Então ele espreme os olhos, para não enxergar, para não ver o homem nem o momento em que apertará o gatilho. O espectro nem é mais um espectro. Todo nervos, ossos, sangue e músculos, ele se pergunta se, ao morrer, terá tempo de ouvir o tiro.

O cabelo das almas

CHICO SEGURA AS RÉDEAS, caminha ao lado do cavalo. Estala os beiços para chamar e guiar o velho animal pelo terreno. Com uma vara comprida, dá pancadinhas na anca do bicho, enquanto ouve o som macio das ferraduras amassando o barro mole e sente o cheiro do capim repisado e úmido, das fezes e da palha do milho. Chove fino. Na lama, Chico resvala, mas se agarra ao selote a tempo de evitar a queda. Quando o cavalo chega à altura da casa, Rita faz sinal com os braços para que parem. Juntos, homem e mulher seguram os varais da carroça e atam ao cavalo. Não têm muito a levar, mas qualquer sobejo pode ser excesso para um animal tão antigo. Dois colchões finos, um fogão a gás, um botijão meio cheio, umas panelas, uns pratos de vidro, uma moringa, duas trouxas de roupas atacadas com lençóis de algodão. Isso mais as ferramentas e as sacas de milho. Com a carroça pequena e o cavalo troncho, terão de fazer duas viagens. As crianças já estão a caminho, acompanhadas do cachorro, e levam sacos com miudezas, artefatos de cozinha, pequenas ferramentas, pedaços de brinquedos, além do violão em que faltam duas cordas. Chico enche a carroça e avisa que levará a mulher na segunda viagem; é melhor que ela fique e olhe ao redor, que perscrute a terra onde ainda ontem plantavam e colhiam, para garantir que não deixam nada para trás. Rita consente, tem mesmo a impressão de que falta algo, pode ser que nunca mais recuperem o que ali esquecerem. A carroça se afasta, ela debica o chão. Tudo o que encontra são cacos sujos de plástico, tampas, pedaços de embalagens, o cabo de uma colher, detritos que se acumularam ao longo dos anos. Descrente de encontrar algo de serventia, levanta o tronco com dificuldade, as mãos nos quartos, ai, que dor, minha nossa senhora, e ergue a cabeça. Contrai os olhos para enxergar o solo onde antes se esticavam as linhas do milharal. Está pelado, exceto por algumas folhas esparsas e pelo monturo de palha ao lado da cisterna. Ao fundo, untados pela chuva, brilham as mutambas e os jatobás. Não se ouve nem se vê um passarinho, há solenidade no silêncio que cerca a casa. Rita passa as mãos pelo rosto, arrasta em direção ao queixo a água fina da chuva.

Pela segunda viagem, sobe à carroça com o marido. Os meninos chegaram? Pergunta sabendo que não é possível que tenham alcançado o Ranchinho, que devem estar ainda na descida do morro, mas sente necessidade de dizer alguma coisa. Chico não responde. Antes de arrancarem, Rita abraça uma sacola de napa, onde guardou biscoito de água, um saco de polvilho, arroz e feijão crus. Com a carroça novamente cheia, Chico grunhe e ondula as rédeas, pondo o cavalo em movimento. As madeiras rangem, as panelas tilintam e os corpos trepidam conforme as ranhuras e as pedras na estrada. A subida é lenta, sacudida, Rita quase olha para trás, mas não tem coragem de ver as paredes caiadas da casinha onde nasceram os filhos, o milharal desfeito e o galinheiro vazio, a terra abandonada, não consegue se despedir daquele chão manobrado do nascer do sol ao fim da tarde, em todos os dias do ano. Ou quase todos. Só o que não plantavam era comprado na vila, um pacote de sal, um pote de margarina, de vez em quando um saco de arroz, uma farinha de trigo. Chico não pode com dinheiro, Rita sempre comentou, fica doido se abrem uma carteira na frente dele. Mas vender a terra em que viviam? Passou dos limites. E faz uma semana que ele não dorme, contando e recontando as cédulas, sonhando em vigília com coisas que viu na loja de móveis e eletrodomésticos, uma loja famosa, de uma grande rede, recém-inaugurada na cidade. De tanto cheirar o dinheiro, Chico ganhou uma ferida no nariz, um cobreiro bolhoso e purulento. Rita olha para ele, para o nariz carcomido que se deixa molhar pela chuva, vê a ferida úmida e aperta a sacola. Ela requebra na carroça, a chuvinha a cobrir os fios ásperos do cabelo e o esgarçado do vestido. Mais adiante, as árvores altas se curvam sobre a estrada, formando um dossel de folhas negras que gotejam sobre suas cabeças. O dorso do cavalo brilha na penumbra, em cadência exausta, e suas orelhas tremem ao impacto das gotas mais grossas. Chico quebra o silêncio. Na segunda, você vai comigo escolher um sofá. Vendeu a terra para comprar uma televisão, uma antena parabólica e um sofá. E acabou-se o dinheiro. Não vê que te fizeram de besta, Chico? Rita pensa, mas se cala dessa vez. Já falou demais sobre o que ele aprontou com a família, essa venda tresloucada. Aperta mais forte a sacola contra o peito e vira o rosto para o outro lado; se é esse o conteúdo da prosa, que fale sozinho.

O outro rancho do Chico, o Ranchinho, herdado de um irmão morto em briga de faca, vivia arrendado para o Sebastião da Tereza. Lá Sebastião e a mulher criavam umas galinhas e plantavam o que desse, conforme a saúde, a ocasião e a época do ano. Mas agora o Sebastião e a Tereza tiveram de procurar outro esteio, a pedido de Chico, depois da venda do Ranchão. Também eles juntaram seus pertences em farnéis e partiram. A diferença era que não tinham destino ou cavalo, puxavam eles mesmos a carroça. Tereza comentou que tentaria ocupação na vila, cuidar de casa ou de criança. Agora é rezar, não é, dona Rita? E assim se despediram. Nem a coluna torta do velho, um S perfeito formando uma corcova entre as omoplatas, comoveu o senhorio em sua urgência nos negócios. Os compradores do Ranchão queriam pegar as chaves, já estavam resolvidos o pagamento e a papelada, só faltava desocupar. Rita se lembra de Chico no cartório, atento ao desenho de cada letra nos papéis que lhe entregaram, da pose com que desenhou um X na borda das páginas, para depois apertar com gosto as mãos daqueles homens ensaboados. Ao contrário dela, que deixou o cartório aos prantos, Chico voltou para casa de cabeça erguida, peito largo, importante. Não tem dó desses miseráveis, Chico? Onde o velho vai arrumar trabalho? Não sei como você teve coragem de desabrigar o Tião, jogar os coitados no mundo, dois velhos doentes. Chico aperta os dentes, acha que ela não está preocupada com os rendeiros, só não quer morar atrás dos morros. Todo mundo sabe que Rita não gosta do Ranchinho, tem medo de lá. Mulher, eu e meu irmão comemos o pão do pé-cascudo por essas terras, o Ranchinho é meu e não vou deixar de presente pra Sebastião nenhum. Com o beiço pendurado, Rita se sacode: se dá tanto valor às terras que conquistou, por que vendeu o Ranchão bom onde a gente morava? Chico se impacienta, bate com a vara no lombo do cavalo, que dá dois trotes rápidos e cai em seguida no cansaço de antes. Ô Rita, o Sebastião nasceu e vai morrer rendeiro, não percebe que o velho é preguiçoso? Rita, ainda agarrada à sacola, chacoalhando na subida vagarosa, discorda. O Sebastião foi sempre trabalhador, só chegou tarde, quando não tinha mais terra pra ele e a Tereza. Chico dá com a vara no cavalo. Pois então azar do Sebastião da Tereza.

Quando iniciam a descida, diminuem a marcha por causa de uns porcos que atravancam a estrada, mas os bichos logo abrem caminho e a carroça torna a avançar sobre o piseiro. Pelos lados do Morro da Baleia, parou de chover. Um anu-preto surge na copa do saputá, sozinho e calado, como não costumam ser os anus-pretos, e Rita vê nisso mau agouro. Pensa na história que Tereza contou, sobre a assombração do Ranchinho, um negro que fazia cair as panelas na cozinha e ventava nos cômodos, apagando as velas das novenas. Desde menina, Rita conhecia a história desse homem, que morreu no fundão do mato, arrastado pelo cavalo árabe de um tal Bartolomeu, fundador e benemérito da pedreira Bom-Cristão. Os antigos contavam que Bartolomeu pioneiro se entendia como dono daquele homem e estava muito insatisfeito com sua teimosia. Afinal o homem teimava em não quebrar as pedras, teimava em fazer feitiços, teimava em fugir, teimava de todas as formas, não prestava para trabalho algum. Um dia, amarrou o homem ao cavalo pelos pés e o arrastou sobre as pedras morro acima, até que se desmanchasse. Quando a assombração começou a aparecer no fundão do mato, o povo logo concluiu que se tratava da mesma pessoa, o homem que morrera arrastado pelo cavalo árabe de Bartolomeu Bom-Cristão. Tereza jura que viu a alma do negro duas vezes, uma na beira do córrego e outra dentro de casa, ao lado do filtro de barro. Tereza também falou das onças, de como entravam nos ranchos à noite e matavam os cachorros, adoravam comer carne de cachorro, depois largavam as tripas espalhadas pelo terreiro. E falou dos caras-pretas. Não podem ver uma tampa de panela, um pedaço de lata que pegam para fazer ponta de flecha, dona Rita. Anos atrás, os caras-pretas haviam roubado as sacas de arroz do Sebastião, só que esvaziaram tudo no paiol, levando apenas as sacas vazias, que não valem nada. Desde que acabaram com a aldeia deles na Mata do Café, os que sobraram vagam por aí, sem rumo, com medo e causando medo, deslocados do mundo. E se um aparecer quando ela estiver sozinha? E se uma onça devorar o Totó? E se tocarem fogo na lavoura? Tereza disse que os fazendeiros andaram aprontando uns incêndios, para forçar os pobres a venderem suas terras. O fundão do mato não presta. Rita não se cansa de repetir em silêncio, o fundão do mato não presta, mesmo sabendo que o negócio não pode ser desfeito e que a carroça está para chegar.

O Ranchão ficou para trás. De onde está, Rita já não consegue ver o vale, a fumaça que sobe dos fogões a lenha às onze horas, as casas de barro, os trilheiros, as espigas de milho. Estica o pescoço e vê apenas eucaliptos plantados junto à sede de uma fazenda rica, campos sem fim de um verde monótono, lavrados por uma máquina amarela que anda em zigue-zague. Fazia tempo que Rita não vinha por esses lados, não sabia que ali já se encontravam tamanhos vazios. Então onça não tem mais, ela pensa, sentindo de repente que tem mais medo da soja que dos bichos. A sacola está besuntada de suor e ela decide largá-la junto com os outros cacarecos na carroça. Passa as mãos pelos fios eriçados do cabelo, ajeita o decote do vestido e respira inflando a barriga. Pensa no casal que comprou o Ranchão, não é gente que trabalha com lavoura. Estudados, bem-vestidos, sem filhos. Rita não faz ideia do que os levou para lá, sabe apenas que a culpa de sua infelicidade é toda deles, deles e do burro do marido. O Ranchão pode até não ser grande coisa, mas é muito melhor que o Ranchinho. Como pode valer apenas um sofá, uma televisão e uma antena? Só mesmo esse trouxa para cair numa conversa dessas. Ai, Rita está que não se aguenta. Sente vontade de descer da carroça e ficar pelo caminho, endoidecer, sair gritando, rasgar a roupa do corpo, cuspir. Mas tenta se convencer de que ao menos os filhos serão felizes, por um tempo, gostam do fundão do mato. Depois crescem e tentam a vida em outro lugar, quem sabe na vila, quem sabe em Goiânia, em Brasília, só não quer vê-los ali, ao lado dela, perdidos. Rita respira, respira e toma a sacola novamente nos braços quando sente o cavalo reduzir a marcha.

    Atravessam a porteira aberta. Linhas de transmissão de energia cortam o Ranchinho de fora a fora e às vezes emitem sons estranhos, fazendo arrepiar os pelos dos braços. Rita escuta, olha para cima, intimidada pelo gigantismo das estruturas de metal. Quando o cavalo estaca, ela intenta descer da carroça, mas algo não está bem. Tomada por uma tontura, deixa que a sacola lhe escape dos braços. O arroz escorre pela terra, o feijão pipoca nas pedras, os biscoitos voam e uma nuvem de polvilho enche o ar. Rita nem vê quando vai de encontro ao chão, apenas o corpo, esse animal, participa da queda. Mais leve, o polvilho cai em seguida e se espalha por todos os lados. Cobertos de branco, Rita e biscoitos são reduzidos a farelos. Os filhos, que já esperavam pelos pais, correm para acudir a mãe. Chico junta o que sobrou do arroz e do feijão, enfia na sacola e, praguejando, entra no casebre. Apoiada no ombro do menino mais velho, Rita volta aos poucos daquela escuridão. Ao abrir os olhos, vê um homem escorado à porta. Um homem preto, reluzente, com cabelos tão longos que as mechas se espalham em cordas por metros e metros, dentro e fora da casa, feito raízes. Um homem tão limpo que chega a ser desconcertante, como se nunca sujeira alguma tivesse maculado aquele corpo. Embora atordoada pela queda, Rita se surpreende sem medo. E ainda tem tino para constatar, maravilhada, que o cabelo das almas também cresce. Quando pisca, desaparece o homem, restando a porta aberta e empenada, sem verniz ou tinta, nua.

Como nascem os sinos

para seu Ico (em memória)

TONICO TOMA UM COPO DE CAFÉ com açúcar antes de sair da casinha na rua Américo Damasceno, passa pelo sobradão da dona Amélia, continua na direção do Largo. Caminha com o tronco um pouco inclinado para a frente, como se arrastasse um peso atrás de si. Porque é quaresma, ele veste uma calça de tergal e uma camisa de cambraia de linho azul. Os cabelos estão penteados para trás e formam um topete branco, emplumado e fofo, que faz sua cabeça parecer uma cabeça de ave. Como todo mundo, Tonico teme a morte, mas percebe que ela tem se aproximado devagar, sem escândalo, e isso lhe dá certa tranquilidade, a ideia de uma morte soporífica. Cruza um beco, atravessa a rua, sobe a calçada, quase tropeça no meio-fio. E se eu tivesse caído e morrido agora? Não chorariam no meu velório, Tonico pensa. E, se chorassem, seria pelo drama comum dos enterros, não por mim, não pela força da minha ausência. Afinal quem sente falta de velhos tão velhos? Sendo católico, Tonico quer um velório na capela, que ele já imagina branca e luminosa, em uma manhã de dia de semana, se a morte assim o permitir, com o caixão no centro de gravidade daquele território de crisântemos. Morto, Tonico vestirá um terno azul-celeste. Esse terno, ele já tem separado, que ninguém deve escolher a mortalha de um velho, a não ser o próprio velho. Atravessa outra rua, tropeça em outra calçada. Pensa nas irmãs, nos primos e na maior parte dos colegas de escola, nas moças que amou e que acabaram casadas com homens melhores ou mais estabelecidos, nos dois padres que conheceu bem e no médico que tratou sua gastrite em 1966. Morreram todos. Sem falar nos que já eram velhos quando ele ainda era moço. Se botassem toda essa gente junta, deitada no chão, os mortos cobririam o Largo da Cruz inteirinho.

Choveu de madrugada e uma umidade fresca sobe das pedras. Nas poças que se formam entre os paralelepípedos, ele vê os reflexos dos postes que se apagam rua após rua, beco após beco, ao som de galos que cantam puxando o sol para cima dos morros. Feixes de luz se debruçam sobre rachaduras nas calçadas e, na parte mais alta da cidade, douram as paredes brancas da Igreja de Nossa Senhora do Rosário dos Homens Pretos. Quando era menino, Tonico fazia esse mesmo caminho na companhia da mãe e das irmãs para assistir à missa, não mudou quase nada. Ofegante, ele estaca no Largo da Cruz. Lembra-se de como o povo se apinhava ali, ele sempre arrepiado de sono e friagem, o menorzinho dos filhos. O padre dava ordem para o repique do sineiro ainda no escuro e o sino tocava naquele breu, baloiçando para lá e para cá no alto da torre, como uma moeda reluz no fundo de um córrego. Abriam as portas da igreja, os fiéis se agitavam para tomar assento, cantavam *Gloria in Excelsis Deo*, Tonico não entendendo nada. Acabada a missa, ele corria para fora da igreja, olhava para a torre e finalmente enxergava o pai lá em cima, manobrando o badalo, tingido agora pela luz da manhã. Aos treze anos, começou a aprender com ele a linguagem dos sinos, praticando de domingo a domingo, em latas, tampas e panelas, para substituí-lo um dia no alto da torre. Os sinos. Amava-os como o pai os tinha amado, entendia-os como se falassem a mesma língua, respeitava-os, mas Tonico envelheceu, agora não consegue mais. Alguém, no entanto, precisa continuar. E pouco importa que não tenha ritmo e outros atributos; se for preciso, Tonico repetirá com o aprendiz cada dobre e cada repique milhares de vezes, até sangrarem as mãos, até falharem os dedos, até que o aprendiz aprenda, porque alguém *precisa* aprender. E precisa polir as bacias com óleo queimado, conferir as amarras do badalo, empinar o meião. Minha nossa, terei tempo de ensinar isso tudo? Tonico se vira de costas, prostrado diante da escadaria, procurando em torno da igreja. Cadê Josué? É, talvez devesse ter ensinado antes para outra pessoa, agora é tarde.

Difícil entender como as coisas deixam de ser importantes assim, sem explicação. E imaginar que quando acontecia um incêndio, uma calamidade, o primeiro a ser chamado era ele. Antes do delegado, antes do prefeito, antes do doutor, ele. Batiam à porta de sua casa, batiam à porta de sua mercearia, interpelavam-no na rua. Então Tonico corria para a torre do jeito que estivesse, dava o toque de rebate, fazendo soar os sinos grande e médio por toda a extensão do vale. Convocada, a cidade se reunia na praça do coreto, homens e mulheres armados de baldes e vassouras, marchando para apagar o incêndio onde quer que fosse, quase sempre no meio da madrugada, hora em que as lamparinas e as velas costumavam despencar nos quartos de dormir e nos armazéns, sobre cortinas e palhas. Tonico se lembra, porque lembrar agora é seu ofício, de como a carne de seus braços trabalhava naquelas noites, de como os sinos soavam assustadores, chamando a cidade com voz aguda de mulher. Salvem meus filhos, os sinos pareciam gritar. E, lá de cima, enquanto aquela mãe imaginária gritava, ele assistia ao fogo arder em meio aos telhados, formando um halo na escuridão, vivo como um pequeno sol nascente. Mas Tonico não sobe mais à torre, não toca mais os sinos e tanto faz, nem mesmo o padre parece se importar. Meteram uns alto-falantes na porta da igreja e isso bastou. Como podem manter uma igreja sem sineiro, ele se pergunta, se cada igreja tem seus sinos e cada sino, sua voz? Tonico olha para o campanário, para o monumento quieto e branco na cabeça do outeiro. Faz vinte anos que não sobe essas escadas, mas hoje subirá novamente e contará ao aprendiz como nascem os sinos. Do bolso da calça, tira as chaves da torre. Ninguém nunca disse que ficasse com elas, mas era um direito subentendido.

Chaves firmes na palma da mão, Tonico avança mais um pouco, para em frente ao portal e se vira para a cidade. Os mesmos pés de tamarindo e as mesmas mangueiras despontam dos quintais antigos, fazendo parecer que nada mudou, que está tudo igual, mas muitas ruas agora se estendem até bairros novos, mais apertados, onde se enfileiram algumas dezenas de casas pobres e idênticas. No terreno onde antes ficava a escola, a escola em que estudou, ergueram uma loja de maquinário agrícola, com um pátio para os tratores. O pequizeiro que havia ali não existe mais. Tonico ri ao se lembrar de como ele e as outras crianças faziam as lições, usando pedras em vez de cadernos. Cada aluno tinha um pedaço de ardósia e escrevia nele com cal, depois apagava com a barra da roupa ou com cuspe. Era preciso ter boa memória, já que nada ficava anotado muito tempo, e os professores não podiam pedir que escrevessem demais. Uma redação, por exemplo, não podia ter mais que dez ou quinze palavras, pois não caberia na pedra, então Tonico nunca escreveu nada maior que isso. Graças a Deus, as crianças de hoje não precisam escrever em pedras, ele pensa. O rio corre junto ao muro da loja de maquinários agrícolas, ao terreno da antiga escola, diminuído pela cidade que cresce em torno dele desde aqueles tempos, devagar, mas ferozmente, como um tumor. Éramos umas bestas, mas pelo menos nadávamos nesse rio. Minha nossa, como nadávamos nesse rio! Ele se vê de bermudas saltando das pedras, o corpo girando no ar e mergulhando na água, os lambaris assustados, os amigos saltando atrás, seguidos por meninas que se molhavam mansas até a cintura, algumas a carregar irmãos menores, enquanto as lavadeiras trabalhavam na outra margem, com suas tinas de roupas e suas pedras de sabão. Mas agora acabou, o que sobrou foi essa água podre, esse esgoto. Tonico fecha os olhos, comprime os lábios murchos, treme voluntariamente as mãos. Essa cidade ainda vai desaparecer, ele diz por entre os dentes.

Por detrás do Morro da Baleia, vê despontar uma luz mais terrosa em que flutuam pássaros. Antigamente, àquela hora, era possível ouvir o trinado dos bicudos bem perto. Hoje os bichos são menos ou mais tímidos, não tem certeza. Gira o pulso para ver as horas, o aprendiz está atrasado. Tonico precisa subir devagar as escadas da torre, as pernas não têm a desenvoltura de antes, e não poderá esperar por Josué se esse atraso se estender. Já combinou com o padre: faltando quarenta e cinco minutos para a missa, tocará o sino pequeno. Destranca a porta da torre e espera mais, observando os primeiros vultos que saem às ruas. Não tem jeito, esses rapazes só querem saber de motos e bebida, Tonico fala sozinho. Empurra a porta da torre e uma lufada varre as folhas secas e as cascas de insetos que descansavam nos primeiros degraus. Olha para cima, respira as paredes de pedra, a umidade de séculos, sente a felicidade miúda dos sineiros, aquele desejo metálico que reverbera nos ossos. Por instantes, pensa que jamais devia ter abandonado o campanário, que precisa tocar os sinos enquanto lhe sobrar uma réstia de vida. Mal começa a subir as escadas, muda de ideia. Os degraus são muito estreitos e altos, exigem de Tonico uma elasticidade impossível, não há corrimão para apoio, os joelhos doem, a cabeça entontece. Agora se lembra por que parou, por que nunca mais voltou ao campanário. Em meio à subida, tira do bolso da camisa um lenço de pano, enxuga a testa e assoa o nariz. Se prepara para mais um degrau, quando ouve a porta da torre ranger lá embaixo, deve ser Josué que chegou. Tonico se apoia na parede, sem se importar com as teias de aranha e a poeira que lhe sujam a camisa tão bem passada, as lembranças transbordando em cada gesto, tonto como se tivesse bebido cachaça. Ele estava na rua quando vieram avisar que a irmã havia entrado em trabalho de parto. Ele correu para a igreja, ele subiu aquelas escadas como se fosse um raio, ele tocou nove pancadas de meia em meia hora, até o momento da délivrance, conforme mandava a tradição, para que o povo todo soubesse que havia uma mulher dando à luz. Depois correu para a casa da irmã, eufórico, e sorriu ao conhecer o garotinho de olhos inchados que dormia enrolado no cueiro. Para o sobrinho, Tonico tocou também no batismo, na primeira eucaristia, na crisma, no casamento, na agonia e no enterro: três dobres de uma pancada para se despedir do homem que morreu novo, vítima de uma doença nos intestinos. Agora é o filho desse homem que sobe as escadas da torre, com a missão de ser o próximo sineiro.

 Tonico espera, espera. Josué pede desculpas, explica que o despertador não tocou, que a moto deu problema, que a mãe está adoentada. É, mas a missa não vai mudar de horário por causa das suas confusões. Josué concorda e pede desculpas mais uma vez. Com a ajuda do sobrinho-neto, que o ampara pelo braço, Tonico termina a subida. Lá em cima, nos quatro vãos abertos da torre, reencontra os sinos. Passa a mão sobre a superfície das bacias como se tocasse ombros, aperta as cordas entre os dedos, está convencido de que os sinos se alegram com seu retorno. A primeira coisa que você tem que saber é que esses sinos são batizados. Tonico explica como o bispo batizou com água benta, ungiu com óleo e consagrou com mirra cada um deles, antes de virem para a torre, fazendo o sinal da cruz, quatro por dentro e oito por fora. As pessoas não são batizadas por dentro, mas os sinos são, Josué. Esse maior é consagrado a são Benedito e é por isso que chamam ele de Benedito, mas eu chamo de João. O sobrinho acha graça, segura o riso depressa, para não ofender o tio. Não tem demônio que fique onde o som desse sino alcança, isso eu garanto, agora o batismo não serve para afastar só os maus espíritos, afasta os raios também. Tonico bate com os nós dos dedos em Benedito-João, tom-tom-tom. Como é que você acha que esses sinos ficam no alto das torres sem que nunca um raio caia em cima deles, hein? É o batismo, tio. Isso mesmo, é o batismo. Ele quer que Josué compreenda que os sinos de igreja são mais parentes dos anjos que dos violões, pois sem esse entendimento não é possível que se torne sineiro. E continua a falar, a contar em detalhes a história de seus sinos, que vieram da Itália e chegaram a Buriti Pequeno há muito, muito tempo, quando nem Tonico havia nascido. Recostado ao peitoril da torre, Josué ouve por alguns minutos, depois se desinteressa. Tio, aqueles cinquenta reais da aula de hoje, o senhor trouxe? Tonico já estava esquecendo; como o rapaz deixou de fazer uns bicos para estar logo cedo na igreja, o tio se comprometeu a compensá-lo. Tira do bolso de trás a carteira, arranca um maço de notas e conta na frente do sobrinho. Toma, seus cinquenta. Ô tio, será que não dá pro senhor me adiantar mais cinquenta, da aula da semana que vem? Tonico enfia de volta o maço na carteira e balança a cabeça. Não sabe nem fazer um repique ainda e já quer me explorar, Josué? Não, tio! De jeito nenhum! Fica pra semana que vem então. Tonico encara o sobrinho-neto, os cabelos raspados na nuca, a tatuagem de leite de castanha na mão direita, um J de Josué, que ele diz para o tio ser um J de Jesus. Para a semana, você estude os toques da Via-Crúcis que eu já ensinei, pode usar panela, enxada, lata, o que for. Quero que você ponha a mão no sino na próxima aula. Enquanto tira um cigarro do maço e leva à boca, Josué faz que sim com a cabeça. Acotovela-se em uma das aberturas da torre, saca um isqueiro e acende o cigarro. O senhor quer um? Tonico não responde, vira o rosto e perde a vista nos morros muito azuis que se desdobram longe, onde ainda não existe cidade. Josué traga profundo, tosse, escarra perto dos sapatos. A fumaça do cigarro atravessa a sineira e desaparece no vento que roça o largo.

Má sorte

VOCÊ DIZ QUE É DOMINGO. E domingo é bom porque ganha mais. Não muito, mas melhor que dia de semana. A mãe ergue as sobrancelhas, se é assim, então vá, filho. Sentada à mesa da cozinha, na cadeira de rodas, ela interrompe o debulhar do feijão para lhe dar a bênção. Do lado de fora, você sobe na moto, coloca o capacete e vai singrar o vermelho da estrada, deixando a marca dos pneus na lama. Choveu ontem à noite, choveu a semana inteira, mas hoje faz sol, um sol baço, desbotado, círculo de nata no céu encoberto de nuvens. Por onde passa, você vê a soja que desponta homogênea, cobrindo a terra como um tapete de silêncio. O único som naquele deserto verde é o da sua moto. Na fazenda, atravessa a porteira que lhe abrem como se tivesse chegado alguém importante, gosta quando abrem assim a porteira, e isso só acontece aos domingos. Perto da recepção, estão seus companheiros, chegaram antes em uma saveiro sarapintada de ferrugem. Você desce da moto e os cumprimenta com acenos de cabeça, eles falam do jogo de logo mais, vai passar na televisão, você não tem parabólica, ouve pelo rádio, mas está bom, prefere assim, porque no rádio o que conta é o futebol mesmo, não tem papo furado, isso lá é verdade, eles concordam, mas gostam de ver os gols. Tomara que o serviço seja rápido, é, tomara. Dá tempo de fumar um cigarro, você puxa duas tragadas e cospe no chão. Fica olhando para a bola de cuspe, ela flutua na terra, é espessa, não se mistura, mas basta empurrar com a ponta da botina um torrão para que ela desapareça. Quando termina de fumar, atira longe a bituca, está cheio de bitucas em torno da recepção, parece até que deram uma festa. Pensa em acender outro cigarro, mas o administrador sai de repente de uma porta e gesticula, chamando-os para perto, com os óculos escuros metidos no alto da cabeça. O administrador não é igual a vocês. Os óculos, o cinto, o branco da camisa dele, tudo brilha. Tudo exceto os sapatos, invariavelmente embaciados por uma camada de poeira fina. O que é pra fazer, doutor? O que é que vocês acham? Desentupir, porra!

Choveu demais, você sabe. A umidade junta a soja em blocos e os grãos não escoam, entopem os dutos, o silo para de funcionar. Então é preciso subir a montanha de grãos e andar por cima dela, empurrando com as botinas até que os grumos se soltem. Vão os três, você e seus dois companheiros. No silo, você é o primeiro a descer a escada, o primeiro a entrar e sentir o ar viciado, o cheiro da fermentação, o calor insuportável. Não é fácil respirar aqui dentro, mas os outros estão logo atrás, você pode ouvi-los. Não que a presença deles mude alguma coisa, mas é reconfortante ter companhia nesse ambiente, onde tudo parece pesar mais. A montanha é gigantesca, quatro mil toneladas de soja, foi o que disseram, enchem mais de cem carretas. As paredes de metal estalam de vez em quando, estão quentes e ninguém quer que o desentupimento seja demorado. Pensa no jogo, não admitiu para os companheiros, mas queria ter uma parabólica para ver os gols assim como os outros. Quem sabe trabalhando muitos domingos? Precisará beber menos, sair menos com os amigos, evitar o rio. Ainda se desse para tomar banho, mas não, você só fica lá, na beira, ouvindo música alta e gastando dinheiro com cigarro, petisco e bebida. Quantas vezes a mãe já não disse que essa vida é malsã? Que o melhor é você trabalhar duro, terminar os estudos, pensar em um emprego na cidade. Mas será? Em ritmo compassado, você continua a pisar os grãos, e pisa, e pisa. Uma vez, você foi à aldeia dos caras-pretas com o seu padrinho, que vendia ferramentas para eles. Você nunca soube o que eles comemoravam, mas dançavam pisando mais ou menos assim enquanto tocavam chocalhos, talvez não fossem chocalhos, você não entende de índios, só sabe que pisavam a terra e faziam o chão tremer. Você não tem medo deles, na verdade, não tem medo de ninguém. Contam que sua bisavó era daquele povo, nunca crismada ou casada por padre, porque detestava igreja. Mas melhor não pensar em bisavó, danças, chocalhos, essas bobagens. É a soja que importa. Vem à mente a imagem das plaquinhas que viu à beira da estrada, *variedade CP4 EPSPS*, muito embora você não saiba o que isso significa. É coisa do dono da fazenda, essa gente tem manias demais. Conforme pisa, os blocos aos poucos vão se desprendendo, os grãos voltam a correr uns sobre os outros. Feito correntes de água, fluem.

Você olha para o lado, cadarços de suor saem de sua testa e pingam sobre a montanha, os outros dois também suam, fazem uma piada qualquer, riem. E é nesse instante, nesse átimo de riso, que os grãos desaparecem sob seus pés. Não, não são os grãos que desaparecem. É você que afunda, submerge no mar de soja feito um palito, só a cabeça fica de fora. Quando se dá conta do que está acontecendo, grita, se debate, procura um ponto de apoio para os pés e não encontra. Os grãos são muito pesados e quanto mais você se mexe mais afunda. Os companheiros acorrem em sua direção, tentam agarrá-lo por baixo dos braços, tentam puxá-lo pela cabeça, tentam de tudo, mas nada funciona. Às pressas, os dois se encaminham para a saída do silo, gritam por socorro. Ei, vocês vão me deixar aqui? Eles deixam e agora você ficou sozinho, pensando em como os companheiros deviam estar com medo de afundar também. Com o cheiro mortiço da fermentação muito perto das narinas, você tem certeza de que agora acabou, afundará de vez a qualquer momento. Mas calma. O pé direito, isso, o pé direito encontra um pequeníssimo ponto de apoio. É a marca da solda na parede do silo. Nela, você concentra toda a energia para manter o corpo à flor dos grãos. Tudo dói, principalmente o peito. A soja esmaga. Onde estão eles que não voltam? Socorro! Você grita para ninguém.

Mas eles voltam, sim. São seus companheiros, não fariam a covardia de abandoná-lo. Você só não sabe quanto tempo se passou, sua cabeça está mole e já não raciocina direito. São muitas as pessoas que se reúnem dentro do silo neste instante, embora você mal as reconheça. Vê as cordas amarelas e pretas com as quais tentam ajudá-lo, uma pá, uma tábua, objetos que não surtem efeito. A alguns passos da sua cabeça, uma onda de grãos com dez metros de altura se ergue recostada à parede do silo. Parece uma fotografia, a onda. Se deslizar, talvez todos que ali tentam socorrê-lo também morram e isso faz com que você aperte os olhos, mas é impossível chorar; os pulmões espremidos pela soja não permitem. Então você chora por dentro, um choro implosivo, que se desfaz em secreções prontamente engolidas, como num afogamento. Justo você, que nunca viu o mar, vai morrer em mar seco. Tinha vontade de ver o mar, saber como é o gosto da água salgada, o jeito das ondas, os bichos que vivem dentro, comer os peixes de lá. Será? As imagens se embaralham: vê a soja rainha, as mãos que prestam socorros inúteis, as paredes metálicas do silo, os fios que sustentam as horas, a sorte. A má sorte. Afundar acontece, mas por que você? Por um momento, pensa em rezar, não consegue, atordoado pela agitação dos que tentam salvá-lo. Você não faz nada além de suster com dificuldade o calcanhar direito no calombo da solda. Se o pé escorregar, é certo que afunde. Faz mais uma tentativa de prece, mas faltam fé e outros requisitos — faz tanto tempo que você não reza que não se lembra mais nem do pai-nosso. Arranca do peito uma nesga de fôlego e pede aos que estão em melhor circunstância que orem por você, esperando que, no meio desse sufoco, ao menos um atenda ao pedido. Quem sabe deus não se compadece?

Um capataz faz que sim com a cabeça e parece que vai rezar, mas ele só recita um versículo, coisa da bíblia, pouca. Então um outro que você não reconhece aponta para a escada por onde agora descem os bombeiros sob a luz opaca do silo. Eles estão no alto, com seus uniformes e bonés, lanternas e ferramentas, preparados para o universo pardacento da soja. Os bombeiros vieram de longe, não há destacamento em Buriti Pequeno, e são sua única esperança de sair vivo daqui hoje. Eles sabem navegar no mar de soja, diz um homem cujo rosto você não vê. Terá mesmo dito isso? Os empregados da fazenda abrem caminho e dão lugar aos bombeiros, que se prendem com cordas às barras da escada. Levam para baixo quatro pranchas vermelhas e o cercam com elas, metem-lhe uma máscara de oxigênio, prometem que dará tudo certo, que hoje você não vai morrer. Mas, após diferentes tentativas de desengate, percebem que você está tão enfiado na massa de grãos que parece fazer parte dela. A soja quer mastigá-lo, engoli-lo, o que é irônico porque você nunca provou desses carocinhos, não faz ideia do gosto que têm nem conhece quem os tenha provado. Sabe que os bois comem soja, e você gosta da carne dos bois, mas isso é outra coisa.

O calcanhar escorrega e abandona o ponto de apoio que o manteve por mais de três horas, mas agora você está amarrado, não vai afundar. A máscara de oxigênio traz alívio e uma participação maior, mais lucidez, você começa a distinguir os rostos, as vozes, os nomes e os tipos sanguíneos bordados nos bolsos dos macacões: O+, O-, AB+. Os bombeiros, a cada movimento mais firme, se viram para a onda de soja, olham para ela e seus lábios mudos parecem dizer por favor, não nos mate, estamos tentando salvar um homem. Até que de repente param. O bombeiro mais alto, aquele que parece ser o capitão, sobe as escadas e deixa o silo. Terão desistido? Ele demora muito, demora minutos infinitos, e volta resoluto. Vamos abrir a parede. Você não sabe, mas abrir a parede de um silo, fazer um furo nela, não é fato qualquer. Estragarão o silo, a soja escorrerá para a terra, são perdas que patrão nenhum deseja. O administrador, relutante, ouviu os argumentos — é imperioso reduzir a pressão sobre seu corpo ou não poderão retirá-lo com vida — e a autorização saiu assim, a contragosto, mas saiu. Retumbam sons no metal, estão tirando medidas do lado de fora, os bombeiros precisam ser ágeis e cuidadosos. Os gases naturais da fermentação, quando se encontram com as faíscas, podem jogar tudo pelos ares. E bum! Lá se vai o silo tão caro, a vida tão pequena, os bombeiros, os grãozinhos, e começa uma chateação para o dono da soja.

Até que chega a paz. Uma paz em desacordo com a máquina hidráulica que relincha contra o metal, uma paz estranha, desencontrada dos bombeiros suarentos e ofegantes que o cercam. Mas tudo bem. O oxigênio entra adocicando os pulmões, traz sono, conforto, lassidão. Passa pela sua cabeça que talvez você esteja morrendo. Será? Não pode ser. Morrer é mais difícil. Já viu os bichos que morrem, como agonizam, como choram antes mesmo da primeira pancada, a morte é uma sombra que se anuncia, não é esse cansaço, não. Morrer é outra coisa. Você está quase, quase adormecendo, vai morrer? Não, vai só dormir, é muito, muito cansaço, não consegue mais segurar, o oxigênio é uma fumaça verde, os bombeiros planam sobre a montanha, os sons desaparecem. Quando as pálpebras caem, um braço de luz entra no silo, há gritos e palmas do lado de fora, comemoram algo que de início você não compreende. Depressa, os bombeiros empurram os grãos através da abertura na parede, não é uma fissura regular, parece mais uma lata aberta com faca, mas funciona. À medida que a pressão arrefece, você sente que a calça está ensopada de urina, que a roupa toda está colada à pele, que dói cada osso e cada músculo, que aquele corpo estranhamente não é o seu. Você está longe, muito longe, mas olha para os bombeiros com uma gratidão desesperada, e quer rir e chorar, e não cabe mais nada nesse agora. Apenas reconhece seu nome quando dizem: Ezequiel, tá perto de acabar.

Carne de paca

A TERRA DO JOAQUIM BAIANO fica perto da cabeceira do rio e dá cada abóbora que ninguém acredita. Quando chega à feira com a caminhonete carregada, o barulho desgraçado do carro sem surdina, é pelas abóboras que o povo procura. Nem todos querem comprar, são grandes demais, mas gostam de ver, de medir com a palma da mão as curvas alaranjadas, de ouvir o som que fazem quando alguém bate na casca com os dedos. Toc-toc, toc-toc. Ninguém entende por que na terra do Joaquim Baiano as abóboras são tão grandes, desconfiam que faça alguma coisa em segredo, embora não se saiba que coisa é essa. Parte com o demo, Deus não faz abóbora desse tamanho, balbuciam às vezes entre as barracas da feira, motivados pelo fato de Joaquim Baiano nunca, jamais ir à igreja. Mas ele não vive só dessas abóboras e trouxe também banana, mandioca, folhas e feijão-guandu. O feijão ele leva já medido e envasado em garrafas PET que ganha da mulher do dono do mercadinho. Com tanto refrigerante que andam bebendo, o que não falta é garrafa de plástico nos monturos, nos becos, na correnteza do rio, então a mulher do dono do mercado, em vez de jogar fora, distribui as garrafas vazias entre os miseráveis. É uma mulher séria, de calça comprida e coque, sem conversa, só vem dos fundos do mercadinho com as sacolas cheias de garrafas PET, entrega e vira as costas. Joaquim Baiano não tem mulher e se já namorou ninguém sabe. Sozinho no ermo, dá conta de si. Desde moço, lava e remenda as próprias roupas, cozinha a própria comida, cuida do roçado, sem dizer palavra alguma. Nem cachorro ele tem. E assim calado carregou a caminhonete hoje cedo. Desceu os morros, sacolejando entre tons de terra e verde, até avistar os telhados da vila e a igreja branca no cume do outeiro.

Na praça, estaciona agitado por um som muito alto, coisa que nunca houve ali. Desce da caminhonete, vê as lonas do outro lado da rua, as melancias, as maritacas, outras caminhonetes, o ipê, sem entender de onde vem aquele barulho que ribomba por dentro dele. Com os olhos, Joaquim procura, procura até encontrar: colocaram caixas de som nos postes da praça do coreto. Não são caixas grandes, mas potentes. Fazem vibrar o vidro das janelas nas casas próximas. Sem refúgio, os moradores se sentam em cadeiras nas calçadas e assistem conformados à movimentação da praça. Alguns bebem café, outros tentam conversar, as crianças brincam e comem biscoitos fritos, mas a maioria permanece calada, olhando para o outro lado da rua como se assistisse à televisão. A música acaba, o corpo de Joaquim Baiano relaxa nos três segundos de silêncio que se seguem, então começa outra música, uma cantoria de amor que como a outra não deixa ouvir o zum-zum-zum dos feirantes, o cacarejar das galinhas nos cestos, o fino dos facões cortando tubérculos, cocos e raízes, as maritacas nos ipês. A feira virou um filme mudo. Tudo o que se ouve é amor, amor, amor, ô troço que dá nojo. O queijeiro explica que é por causa dos turistas. O prefeito disse que é preciso agradá-los ou vão embora para lugares mais alegres, como Pirenópolis. Com o rosto franzido, Joaquim Baiano larga a traseira da caminhonete aberta e sai atrás de um pedaço de fumo. Quando encontra, cheira a peça, sentindo nos calos dos dedos a trança retorcida e resinosa. Resmunga que quer um pedaço. A vendedora cospe no chão e corta o fumo com uma faca de lâmina emborcada, depois enrola feito queijo de trança e o embrulha numa folha de jornal. Joaquim Baiano tenta pagar com moedas, a maioria de cinco e dez centavos, mas elas escapam entre os dedos, o que lhe causa uma vergonha muito grande. A vendedora diz que está bom, que esse tanto chega, e joga em uma caixa de sapatos as moedas que Joaquim Baiano segurava, enquanto ele cata as que caíram no chão. Na barraca, há também uma pilha de toucinho que atrai a atenção dele. Se vender bem, comprará uma peça, só não sabe se aguenta ficar na feira. Joaquim Baiano não frequenta quermesses, festas de aniversário, batizados de criança, nem à missa ele vai, porque não suporta espalhafato, então é capaz que saia hoje no prejuízo. Volta para perto da caminhonete e permanece de pé, braços cruzados, mastigando o fumo que comprou há pouco. As abóboras gigantes ainda chamam a atenção dos fregueses, vende duas, mais uma garrafa de feijão-guandu. Com isso, não dá para comprar a peça de toucinho, mas não importa. Quer subir logo os morros e voltar para casa. Quando está para partir, chega perto a vendedora de fumo.

Vem acompanhada de dois homens, são altos, jovens, não devem ter trinta anos. A vendedora chama Joaquim Baiano de lado, caminha com ele ao extremo da praça e explica que são turistas, querem um lugar para acampar por algumas noites. Pagam bem, ela diz, gente de Brasília. Vieram conhecer as cavernas da região e o sítio do Joaquim fica a menos de uma légua da Lapa do Penhasco. É dinheiro fácil, eles vão só deitar as barracas no terreno por uns dias, usar a latrina e a água do poço, já expliquei que é banheiro de roça, coisa simples, e não acharam ruim. Joaquim Baiano olha para o lado, para os dois homens que vestem calças cheias de bolsos e calçam botinas estranhas.

São só esses dois? Não, tem mais três. E o que você ganha com isso? A mulher ri, sabe como Joaquim Baiano é desconfiado, grosseiro, parece bicho. Vou aprontar comida para eles lá em casa, já falei que é comida de pobre, também não deram importância. Joaquim mede, calcula o tamanho da paciência que terá de gastar com essa gente, cospe no chão. Quanto é que eles pagam? A vendedora de fumo balança a cabeça. Ah, isso eu não sei, você bote seu preço.

Devagar, voltam para junto da caminhonete. Joaquim Baiano não consegue ouvir nada naquela confusão e, com um gesto, chama um dos rapazes para atravessar a rua. O rapaz confirma o que a vendedora de fumo explicara, não precisam de qualquer conforto, apenas um lugar para acampar por cinco dias, talvez um a mais ou um a menos, a depender do que encontrarem nas cavernas. Cobro dez reais a jornada, Joaquim Baiano arrisca, esperando protesto diante do preço, e por cabeça! Sem consultar os outros quatro, o rapaz diz feito e estende a mão para selar o acordo. Joaquim não gosta da prontidão com que firmam aquele trato, mas aperta e sacode a mão do rapaz, ao que a vendedora de fumo, que observava a tudo de longe, desce os ombros aliviada. Joaquim cospe mais uma vez no chão, ajeita o chapéu na cabeça, coça os bagos, torce a fuça, endireita as calças enlameadas. Balbucia algo, parece incomodado. O rapaz pede desculpas, diz que não entendeu e se inclina para ouvir. Nada não, deixa pra lá.

Negócio feito, Joaquim fecha a traseira da caminhonete e pede um adiantado aos hóspedes. Um deles tira prontamente da carteira uma nota de cinquenta reais, uma cédula tão nova que parece engomada a ferro. Joaquim, que há tempos não pegava dinheiro graúdo, se apressa para a barraca da vendedora de fumo. Passa pelo nariz três peças de toucinho e escolhe a mais gorda, uma fatia oleosa de couro e sal, que a vendedora enrola em papel cor-de-rosa, comentando como o turismo seria bom para Buriti Pequeno. Não seria, Joaquim? Ele não responde, só faz um aceno com a cabeça e enfia o troco no bolso da camisa. Com o pacote de toucinho no banco do carona, se apruma na caminhonete. Os rapazes se aproximam em dois jipes, modelos novos, estampados com adesivos e pó de estrada. Por um instante, Joaquim Baiano quase desiste, acha que o acerto não foi vantajoso, que o dinheiro não chega para a contrariedade que essa gente lhe pode causar, mas olha para o pacote e lembra que já não pode desistir, nem morto voltaria à feira para devolver o toucinho. Pelo retrovisor, vê que estão a postos. Faz um sinal pela janela, engata a primeira e vai.

No sítio, os rapazes descarregam uma porção de sacos coloridos, lonas, ferros. Elogiam muito a propriedade, os morros, os pequizeiros carregados, o córrego que sabem desaguar no Amanaçu, mas Joaquim Baiano não dá trela, não responde. Quando avistam o campo de abóboras, correm em direção à terra encaroçada daqueles alaranjados tão vibrantes, tão rotundos, tão grandes que parecem de outro mundo. Abaixam-se junto às abóboras, tocam nelas, tiram fotos, riem como se aqueles frutos insuflassem neles uma euforia de moleques descalços na terra, excitação de uma infância decerto nunca vivida. Joaquim Baiano desgosta, não quer aquela gente em meio às suas abóboras, ninguém além dele pisa o chão de suas abóboras, ninguém além dele toca nelas até que tenham o cordão umbilical cortado. Ei! Grita e faz sinal para os rapazes. Isso não é brinquedo! Os cinco deixam o campo, meio constrangidos, mas ainda agitados. Que abóboras o senhor tem aqui, seu Joaquim, comenta aquele que fechou o trato. Joaquim rosna uma palavra qualquer e o outro, mais uma vez, não entende. Com a cabeça enterrada no chapéu, ele marcha até os fundos, mostra o banheiro, onde os rapazes se surpreendem com a patente de madeira. O senhor que fez? Quê? Esse vaso sanitário, o senhor que fez? E tem diferença? Joaquim Baiano balança a cabeça, impressionado de ver como existe idiota neste mundo. Por último, ensina a tirar água do poço, que nem isso eles sabem, e antes de ir embora dá um aviso importante: tem que olhar a latrina antes de sentar, às vezes entra cobra. Dentro de casa, Joaquim fecha a janela de tábuas. Está curioso com tanta tralha que tiraram daqueles carros, mas não passará por matuto, não ficará em volta deles igual criança. Mas ele não se aguenta, espia pelas frinchas e quase cai de costas com o que vê. Estão construindo uma cidadezinha de barracas coloridas, cruzadas por lonas e cordas de náilon. Já montaram uma tenda e puseram embaixo um fogareiro, uma caixa térmica, uma rede, uma mesinha e quatro cadeiras de descanso. O sangue de Joaquim Baiano borbulha que nem rapadura no tacho, sangue azedo, daquele que esquenta as veias do pescoço. Sai de casa, afunda as botinas no barro, sentindo o frio da garrucha na cintura, coberta pela camisa.

Esse trem aí, pode ir desmanchando. Joaquim Baiano aponta com a cabeça para a tenda. Os rapazes, pegos de surpresa, trocam olhares em silêncio. Depois um deles diz que podem armar a tenda em outro lugar, perto do córrego, por exemplo. Mas outro corrige dizendo que farão o que o dono da casa preferir. Se o senhor quiser que a gente desmonte, a gente desmonta, não tem problema. Joaquim Baiano encara, percebe que eles não têm medo, mas ao menos não são debochados e isso lhe parece suficiente. Perto do córrego então, ele diz e volta para dentro de casa. Da janela, acompanha tudo pelas frestas, a desmontagem e a remontagem da cidadezinha, que agora parece mais discreta. De repente, um deles se aproxima da casa. Joaquim Baiano procura depressa o fumo e começa a enrolar um cigarro, sentado de frente para a porta aberta. O rapaz pede licença, diz que precisam de indicações para chegar à caverna da Lapa do Penhasco e abre um mapa da região, algo que Joaquim mesmo nunca viu. O rapaz mostra linhas e cores, aponta um círculo feito com caneta vermelha que representa o local em que estão, mas aquelas linhas e aquelas cores não significam nada para Joaquim. Ele rumina, coça a cabeça com violência e sai da casa. Segurando o cigarro, aponta os caminhos, os trilheiros nos morros. Explica o que talvez seja a única coisa que saiba explicar, sente muito pouca necessidade das palavras. Atento, o rapaz acompanha os gestos, comparando-os à bordadura no mapa, e agradece com um sorriso. Ah, e a casa da vendedora de fumo? Joaquim se vira para o lado oposto e mostra outra estrada de terra, mais estreita e escondida pela vegetação. Antes de voltar para o grupo, o rapaz bate duas vezes nas costas de Joaquim Baiano, de leve. Por pouco, não leva uma na fuça.

Fechadas as barracas com telas mosquiteiras, eles saem em seus carros. Os porta-malas cheios de cordas, capacetes, apetrechos, Joaquim Baiano viu. Que diacho vão fazer na caverna, ele não sabe. Mas Joaquim Baiano não se interessa pelas invenções dos outros, eles que se danem. Hoje não come o toucinho, almoça arroz com abóbora e farinha, passa um café e calça as botinas de trabalho. Está construindo um depósito para guardar as ferramentas, as sementes e o adubo. Sempre dormiu com tudo dentro de casa, mas cansou. Comprou quatro telhas e um conjunto de tábuas, com um dinheiro que vinha juntando. Joaquim põe as patas duras para trabalhar, medindo e cortando as tábuas com um serrote, e só interrompe a lida para abaixar o volume do rádio que toca na janela da casa. Às vezes ele ouve rádio depois do almoço, para não se desacostumar de todo com conversa de gente, mas ouve baixinho.

Entretido com o trabalho, até se esquece dos hóspedes, que chegam pouco antes de o sol se pôr. Estão enlameados e sorridentes, falantes, à vontade demais na opinião de Joaquim Baiano. Com o balde de alumínio, tiram água do poço conforme ensinado e se banham de cuecas, esfregando na pele sabonetes cheirosos. A espuma branca que desce em direção ao córrego emporcalha a terra e turva a água, fazendo no caminho uma lama diferente. Joaquim Baiano tenta não se importar, desliga o rádio e se limpa em uma tina com sabão. Esfrega a cara, o pescoço e as axilas e isso basta por enquanto. Um dos cinco se aproxima, avisa que vão jantar na casa da vendedora de fumo, vão a pé, pois acham que entenderam o caminho. Joaquim Baiano dá de ombros, não vê necessidade no informe. Quanto mais tempo passarem fora, longe, em qualquer lugar, melhor. Ainda mais agora que cheiram a putas. Tanto perfume chega a dar engulho e é por isso que Joaquim Baiano nunca achou diversão nas mulheres da vida. Perfumadas demais.

Mas o fato muito estranho é que, depois de comer e arrumar a espingarda para a caçada matinal, de encostá-la à parede, Joaquim Baiano se deita e não consegue dormir. Não consegue porque fica na expectativa de que os cinco rapazes de Brasília voltem; a ausência deles faz com que, de repente, a casa permaneça desperta, alerta, acesa, como se estivesse mal-assombrada. Ele não compreende, os rapazes não servem para nada, sujam o terreiro, fazem barulho, falam demais. Mas Joaquim Baiano diz para si mesmo que prefere ficar de olho neles, não confia, daí a dificuldade em pegar no sono. Amanhã cedo sairá para caçar paca, duvida que aqueles lá tenham caçado alguma vez, devem comer só frango mole de granja. Em Buriti Pequeno, há uma granja de frango e Joaquim Baiano sabe que esses bichos parecem umas lesmas cobertas de penas, nem os ossos prestam, tudo se desmancha. São frangos doentes. Quando voltar da caçada, vai assar a paca e dar um pouco para eles. Quer mostrar o ferruginoso do sangue, as fímbrias da carne, o voo da fumaça que sai do braseiro. Já anoiteceu dentro da noite, é muito tarde. Pela fresta, vê a lua ceifar as estrelas, sente o ar frio e úmido, ouve o que os animais dizem: Joaquim, não é hora de estar acordado. E eles, os cinco, ainda não voltaram. Foram a pé. Talvez tenham se perdido, não têm tino para os caminhos a que Joaquim Baiano está acostumado. Quem não vê que eles têm tecidos moles, pastosos, lentos? São homens de granja, pensa Joaquim Baiano, que prageja ao se levantar. Quero mais é que se estrepem! Veste a calça e a camisa, calça as botinas, pega a espingarda e sai caminhando por entre as abóboras gigantes que refletem os brilhos da noite — ele sabe que em nenhum outro lugar do mundo há um campo de abóboras como esse. Tomara que aqueles pamonhas não tenham se perdido demais, resmunga. Tomara que estejam por perto. Joaquim Baiano roga a um deus no qual não acredita de todo e faz o sinal da cruz, por costume. É um homem que reza sem fé.

Santíssima

ELAS NÃO TÊM COM QUEM CONTAR a não ser com as minhas mãos, essas palmas lisas de esfregar roupa, arear panela, carregar tinas, baldes, bacias, capinar terreiro, depenar galinha. Tenho gosto por lavar roupa, por revolver a terra e por tudo o que as minhas mãos apanham, vai ver por isso Deus me deu o conhecimento, a clareza para fazer pelas comadres o que ninguém faz. Ainda que me falte instrução e que a inteligência para os livros me seja curta, quase nenhuma, há coisas que sei. Há coisas que sei muito bem. O jeito com que se achega ao mato para catar erva-de-são-joão, catinga-de-mulata, folha de algodoeiro, isso eu sei. Como sei escutar os suspiros das comadres, as palavras de cansaço, os gritos delas nos descampados. Aqui nessas distâncias, as mulheres falamos com os passarinhos, com os bois, com as porcas, bichos de curral. As pessoas estão muito longe, à casa mais próxima não se chega sem caminhar um bocado, sem atravessar pedra, pó e estrada. Mas, quando as comadres chamam, eu vou. Não tem explicação, é uma quentura que sinto por dentro, bem aqui, no peito. A vó dizia que o nome da quentura era missão. Dizia também que essa foi a missão dela, uma missão que se fez minha.

As peregrinas somos olhos da Virgem Maria.

Comadre Vitória se casou muito cedo, menina ainda, e espera pela décima terceira cria atrás dos morros, no fundão do mato. A vó apanhou os primeiros, eu apanhei os mais moços, todos meninos, exército raquítico no fim do mundo. Os filhos, quase todos vivos, permanecem em torno do pai, tratam com ele da roça. São calados, têm olhos miúdos e vesgos, consumidos por uma tristeza que perpassa a todos naquela casa. O marido não gosta de mim, como não gostava da minha vó, a quem responsabiliza por uma sopa que Vitória aprontou anos atrás e que lhe causou vômitos e diarreias. O marido da Vitória andou dizendo que a vó apanhava criança como desculpa para entrar nas casas e enfiar rebeldia na cabeça das mulheres, a mando do diabo. Depois que a vó morreu, passou a dizer isso de mim. Já até me ameaçou com espingarda, o imundo. Eu estava levando uma canja de galinha gorda para a comadre em um dos seus muitos resguardos, numa panela enrolada em pano de prato branco, e ele não me deixou entrar, não me deixou vê-la. Da porta do casebre, apontou para mim a arma, disse coisas feias, inclusive da vó. Mas não me abalo com birra de homem, ainda mais de um beiçudo daqueles. Chamei um dos filhos crescidos que capinava ao lado da casa, entreguei para ele a canja e lhe fiz a bênção. O marido da Vitória deu um tiro para cima, as folhas nas árvores se agitaram, os passarinhos fugiram, o fundão do mato ficou mudo. Eu ri.

O Espírito Santo me investe de armas divinas.

Se a Vitória gritar nesse profundo, não há quem socorra. E é no silêncio desse nosso canto que o marido se fia e faz maldades com ela, com os filhos, com os cachorros, com o cavalo... Mas eu sou ouvido e mão, perna e boca, peito e pulmão, o que faz de mim um destino: meu corpo vai aonde a missão manda. Apanhar criança, cuidar de mulher parida é um encargo que recebi sem saber o motivo, é uma força que me empurra e, ainda que eu quisesse, não conseguiria escapar a essa força. Comadre Vitória deve estar de cinco meses e preciso saber da barriga, preciso saber se a criança se encontra no rumo certo. Não posso largar a pobre, ao menos isso tenho de fazer por ela. Bom mesmo seria que o homem não estivesse na casa em hora de minha visita, mas haverá jeito? Desconfio que a Vitória tenha botado alguma erva de purga na sopa do demônio, eu soube que ele teve uma diarreia sanguinolenta das piores. Há ervas que tanto podem ser remédios muito bons quanto venenos muito bravos, a diferença está na sabedoria de quem maneja.

O Deus-Pai me deu um grande coração.

O marido da Vitória diz que nenhuma curiosa presta. É verdade que essa não é uma opinião só dele, mas a maioria sabe que existem situações que ninguém mais resolve. Hoje mesmo apareceu essa moça da vila, pela hora do almoço. Entrou acanhada, roedora de unhas, e parou no batente. Fiquei olhando para aquele rosto pipocado de espinhas, para as mãos unidas em frente ao corpo, na altura do ventre, as unhas dos pés pintadas e descascadas apontando para fora da sandália, os joelhos tortos. Não precisou que ela dissesse palavra nem que eu perguntasse nada — as moças da vila raramente querem de mim outra coisa. Para todo o resto, elas têm os homens de branco, essas entidades que o povo respeita e adula, mesmo que tantos deles estejam mais para doutores da mula da ruça. Agora, quando brota barriga indesejada, elas arrumam carona com uma amiga discreta e mais vivida e escarafuncham pelos cerrados, para me encontrar no inabitado, nesta casinha de meia-água e chão batido. Gosto de barriga grande, redonda, cheia feito açude em época de chuva. Gosto de barriga de mulher gorda, que é naturalmente forte e larga. Porque, no fundo, eu gosto de qualquer barriga. Aos doze, já sabia palpar criança, endireitar, conversar com a santa. Ô, minha Nossa Senhora, desata logo esse nó! Tinha de ter atado antes, quando era donzela, agora não precisa! Falo bobagens assim quando quero que a mulher ria, que se despreocupe, que a barriga amoleça, mas a minha vó não gostava nada desses meus brinquedos e por isso dizia que eu não estava pronta para apanhar criança nenhuma. Coitada da vó. A primeira vez foi no quintal de casa, na manhã em que as contrações da minha mãe começaram. Faltavam dois meses para Tonho, meu irmão caçula, nascer, mas ele tinha pressa de conhecer as nossas pessoas. Escorregou para as minhas mãos antes do almoço, enquanto eu me ajoelhava na terra vermelha do quintal. Depois de Tonho, as crianças despencaram feito jambo nos meus braços. Agora quase não nasce gente por aqui, mas já andei com minha carroça pelas bibocas de todos esses morros, partejando em noites e dias infinitos. Quando uma criança não vingava, o que graças à Virgem sempre foi raro de me acontecer, sentia-me penosamente doída. Sofria e amparava o corpinho findo como quem segura um pássaro, mas compreendendo, cada vez mais, que a sorte da vida não sou eu quem dá ou tira. A mim, coube apenas guiar. E aprendi a lançar mão de conhecimentos antigos, conhecimentos que a vó me passou em segredo. Mandei que a moça da cidade tomasse assento e perguntei se estava decidida, porque tem feito que ninguém desfaz e depois não adianta arrepender. A moça disse que sentia vergonha, mas me pareceu decidida e entreguei o remédio que procurava. Não me dá gosto essa parte da missão, mas, tendo eu o conhecimento, como posso dizer não?

Os anjos me sopram conselhos.

Há mulher que não quer. Mas há muita mulher que quer e Deus não concede. Outras vezes, ele concede e depois tira. São propósitos que não compreendo nem ouso compreender. Nunca procuro motivos para as coisas serem do jeito que são; basta que sejam. Então, se estou diante de uma mulher que sofre, pego com ela e rezo uma Salve-Rainha. Mãe de misericórdia, vida, doçura e esperança nossa. Eu, que caminho por longas estradas, que perco a vista nos morros, penso nas vidas que se movem na paisagem, nas dificuldades que elas passam, todas elas, e continuo a rezar, repetindo as palavras muito gastas da reza. Vida, doçura e esperança nossa, salve! Um pouco sem jeito, a moça da vila rezou comigo.

Sou humana, às vezes a minha fé duvida. Mas, nessas horas, vem a Virgem e me acende por dentro, transformando-me em uma lamparina que ela entrega às mulheres na escuridão. De resto, estou decidida, visitarei comadre Vitória antes do entardecer. No quinto mês, palpo a barriga e, havendo necessidade, endireito a criança dentro da mãe, assunto que o bronco do marido não entende. Mas eu vou. Ah, se vou! O povo da vila só aparece nestes ermos quando precisa da sabedoria dos antigos, não faz nada por nós, não nos ajuda em necessidade alguma. Os dias passam sem que ninguém se lembre que ainda estamos aqui, fomos esquecidas. Não fosse a Virgem, já teríamos desaparecido. É por isso que não abandono as comadres, sou o único socorro no mato. Dizem que Deus é amor, mas Deus é ira também e, qualquer dia, acerta aquele miserável. A mim, caberá somente levar a erva brava, para a ocasião em que a comadre Vitória tenha coragem de fazer uso.

E depois desse desterro,
Virgem Santa,
desse desatino,
tenha misericórdia das suas filhinhas,
e mostrai-nos o caminho.

A mulher do pombo

UNS POMBINHOS NA PRAÇA DO CORETO fariam bem à cidade. Primeiro falou assim, desinteressada, meio distraída, à mesa do jantar, entre roer uma e outra ponta da coxa do frango. Mas, com o tempo, tornou-se mais enfática, dizendo isso também aos vizinhos e às visitas que vez ou outra ela e o marido se obrigavam a receber. Não acha que teríamos mais cara de cidade se andassem uns pombos na praça? Hein, não acha? Passados alguns anos, Bragança se tornou tão insistente nesse assunto que virou persona non grata, desagradável e até um pouco agressiva, chegando a chamar de piranha a mulher de um vereador que disse que tinha nojo de pombos e que, se algum aparecesse no telhado da casa dela, meteria chumbo. Não entendia como alguém podia não gostar dos pombinhos e argumentava em favor deles em toda ocasião que se apresentasse. Pombo é bicho bonito, calado, não faz algazarra nenhuma, voa e pronto. Não é à toa que tudo quanto é praça de capital tem pombo. Enfeitariam a cúpula do coreto, são lindos. Mas vocês são uns ignorantes, uma gente sem cultura, sem educação, uma gente que mal conhece a capital de Goiás! Bragança começou a odiar o povo da cidade, tanto os ricos quanto os pobres. Quando passava na rua, riam dela, de seu amor, cochichavam lá vai a doida, ao que ela empinava a cabeça e marchava em frente. Bragança era convincente em sua interpretação de superioridade, mas não lidava bem com essas coisas, sentia-se humilhada, perdeu o sono muitas vezes. Os rostos de escárnio, os nomes feios sussurrados, os risos, tudo voltava enquanto ela treinava o discurso em frente ao espelho.

Cidadãos de Buriti Pequeno, a presença do pombo é indício da civilidade de um povo. Falava como se fosse ela a prefeita e não o marido, que dessa história de pombo andava farto. Todas as grandes capitais da nação, no seu processo civilizatório, introduziram essa ave em seus espaços públicos. Não é possível que Buriti Pequeno seja o único município brasileiro a recusar a presença desses animais que, se não são majestosos como os pavões, apresentam a graça das galinhas-d'angola, com a vantagem de serem silenciosos e planarem pelos céus. Criatura de Deus, o pombo é uma flor que voa. Tudo isso foi escrito por Bragança em um caderno de capa dura que ela usava para tentar uns poemas. Não lia tanto, mas simpatizava com a poesia, e escrevia com certa regularidade, a ponto de se considerar uma Cora Coralina, porém mais jovem e mais elegante. Nos últimos dias, Bragança usou o caderno para compor o discurso da soltura dos pombos que mandou encomendar em Goiânia. E pensar que fazia tanto tempo, a ideia dos pombos. Fazia anos. Agora que o marido de Bragança era dono de milhares de cabeças de gado, quem a impediria de soltar seis pombos?

Fechou o caderno sobre a penteadeira e foi à área de serviço admirar os animais, três casais distribuídos em três gaiolas de bambu. Segurando um bocadinho de fubá, ela abriu a portinha de uma das gaiolas e tentou fazer com que comessem à mão. Não deu resultado — talvez estivessem satisfeitos ou, mais provável, com medo da mão cuja proximidade lhes era suspeita.

Abanaram asas, se embolaram, arrulharam; não tiveram interesse naquela amizade. Bragança se sentiu um pouco ofendida, mas buscou relevar; se Deus tivesse dado aos pombos entendimento, certamente seriam mais agradecidos. Botou o fubá no comedouro, fechou a portinha e limpou a mão na saia. Aproximou o rosto da segunda gaiola para ver de perto os olhos dos pombos. Eram avermelhados, inquietos, idiotas, mas perigosamente misteriosos, como são os olhos de todos os animais, o que levou Bragança a afastar o rosto. No conjunto, assim de longe, somando penas, bicos, pés, unhas e porte, eram animais bonitos. Bragança adorou a coleirinha verde brilhante que eles tinham em volta do pescoço, o grumo branco sobre o bico, a carninha alaranjada dos pés. Só estranhou os olhos mesmo. Sentiu vontade de tomar um deles nas mãos, de segurá-lo como a um bebê, junto às mamas, mas teve medo de se atrapalhar. Melhor deixar para depois. Não demoraria até que ela própria soltasse cada um daqueles pombos, que esse gosto não daria a ninguém. O prazer dos outros seria ver, ouvir o farfalhar das asas perfeitas, contemplar as silhuetas emolduradas pelo céu azul. Mas botar a mão, não. Nem o marido-prefeito, nem os nove vereadores, nem o padre, não. Ela e só. Estava decidido.

Bragança não era ridicularizada apenas pelo gentio, pelo povo que cochichava e ria quando ela passava na rua. O marido fazia chacota, dizia que aquela era uma ideia estúpida: quem precisa de pombo, Bragança? O homem precisa é de vaca, boi, porco, galinha, cachorro bravo. O resto não serve para nada, ele dizia. Pombo dá leite, Bragança? Pombo bota ovo para fazer uma omelete? Pombo rende bife, couro, farinha de osso? Pombo cuida do quintal, corre ladrão? Vê? Pombo é bicho que não presta, não serve para nada, ninguém precisa. No pensamento da mulher, o marido não tinha compreensão porque quase não saía da fazenda. Passava dias inteiros de olho na imensidão dos campos, até o horizonte sem uma árvore, só os bois e o silêncio dos bois, com o vento soprando mudo sobre o capim verde. Da fazenda, ele saía para despachar na prefeitura, coisa rápida, de uma ou duas canetadas, quando então aproveitava para ver o que ela aprontava na casa da vila, onde morava com a empregada a maior parte do tempo. Depois o marido voltava para a fazenda, levantando poeira com os pneus grossos da caminhonete. Era uma cabeça que não entendia de pombos.

Além dele, outros questionaram a ideia de Bragança. Muita gente fez pouco caso, todos os vereadores e o médico da cidade, que ainda alertou sobre o risco que aquelas aves apresentavam à saúde das pessoas. A doença do pombo é praticamente incurável, ele disse, ainda mais em uma cidade com poucos recursos, não faz sentido trazer para Buriti Pequeno um animal considerado tão repugnante quanto os ratos. Mas Bragança já havia estado em oito capitais e sabia que não era verdade. Há pombos por todas as praças de todas as cidades do mundo e ninguém vê as pessoas caindo pelas beiradas por doença alguma. Fora muitas vezes a Goiânia e a Brasília, sobretudo depois que o marido assumiu a prefeitura, e uma vez a São Paulo, quando se casou, quarenta anos atrás, para passar a lua de mel em Santos. Sempre que viajava, tirava fotos dos pombos, até dos mais feios, e sonhava com o dia em que eles estariam em sua terra natal. Não deu pelota para o médico, tampouco para a professora que alertou que as fezes dos pombos são ácidas e estragam os monumentos — isso era problema de mínima importância, para não dizer de importância nenhuma, já que em Buriti Pequeno, afora a cruz do Largo, não há monumento de qualquer tipo.

Com razão, Bragança não quer dividir a alegria da soltura. Não era mais nem a mulher do prefeito. Era a mulher do pombo. Uma noite, depois da missa de domingo, quando passava em frente à lanchonete, ouviu uns moleques que comiam em uma mesa de metal dizerem lá vai a mulher do pombo, uma completa falta de respeito, inclusive com seu sobrenome. Se tem algo que toda a Buriti Pequeno já ouviu dizer é que ela tem um pé na realeza, parenta distante da princesa Isabel, embora não saiba precisar o grau. A mulher do pombo. Pois que seja! Agora que a praça ganharia vida, que eles alimentariam os bichos nas tardes ensolaradas com floquinhos de pipoca, dariam à sua ideia o devido valor. A mulher do pombo. Desaforados, analfabetos, encardidos. Uma gente que nunca saiu de Goiás nem para dar um peido.

Foi por isso que quando as arrobas abundaram, quando chegaram às centenas, aos milhares, ela exigiu do marido-prefeito uma viagem à Europa. Ele ganhava dinheiro como nunca e tudo o que fazia era encher o pátio da fazenda de caminhonetes, gastar com churrasco, cachaça de alambique, revólver, espingarda e outras coisas de homem. Filhos, não tinham para mandar estudar fora. Então o dinheiro ia escoando nessas rudezas, coisas das quais ela não tirava proveito, já que não sabia beber, atirar ou dirigir. Que o marido fizesse ao menos esse esforço para agradá-la, uma viagem ao exterior, e nunca mais precisariam imaginar como é a luz em outros lugares, onde as pessoas vivem de outro jeito e falam outras línguas. O marido não tinha gana de ir, estava satisfeito em Goiás, mas foi a única maneira de se livrar da ladainha da mulher. Com a ajuda da assessora, comprou um pacote de dez dias na Europa, saindo de Guarulhos para Lisboa, e tiveram aquilo que muitos chamam de segunda lua de mel, que é uma lua de mel sem sexo e com mais dinheiro do que costumam ter os recém-casados.

Foi essa viagem que deu a Bragança os definitivos argumentos de que precisava para convencer a gente de Buriti Pequeno. Trouxe tantas fotos com pombos, alimentou tantos pombos em Lisboa, Barcelona, Roma e Paris, mesmo sendo multada nesta última cidade por contribuir para o fortalecimento de uma praga urbana, que ninguém falou mais nada. Que a maluca mandasse trazer os bichos. Quanto custaria o desejo dela? Uma mixaria, duzentos reais o casal, e isso que pagaram caro. Ela preferiu não arriscar com os casaizinhos de trinta reais, magros e oleosos, que a assessora do marido-prefeito mostrou na tela do computador. O que pesou foi o transporte. Pela delicadeza da carga, trazer seis pombos de Goiânia a Buriti Pequeno custou tanto quanto encher uma carreta de gado, nas contas do marido. A Bragança pareceu tudo muito justo; não fossem os bichos adoecer no caminho por economia porca. Que viessem no bem-bom, a comer e a beber água fresca em carro de passeio. Ela os queria fortes e saudáveis para o momento que àquela hora se aproximava.

Quando ouviu a campainha, soube que eram os funcionários da prefeitura. A empregada os deixou passar, mas Bragança deu ordem para que esperassem junto à porta da área de serviço. Esvaziou as vasilhas de água, trocou as folhas de jornal das bandejas que já estavam cobertas de merda, cobriu as gaiolas com fronhas brancas, queria que fosse uma surpresa, e mandou os rapazes carregarem com cuidado. Chegando à prefeitura, que não se esquecessem de repor a água e que não deixassem a gaiola em lugar abafado nem pegando muito sol. Rindo, os rapazes saíram com as gaiolas, desceram as escadas, atravessaram a ruazinha de paralelepípedos e cruzaram a praça do coreto, onde mais tarde aconteceria o ato. Bragança, pela primeira vez em muitos anos, chorou. Um choro miúdo, discreto, um arrulho. A empregada, que naquele momento servia o café, nem percebeu.

O figurino para a cerimônia estava escolhido e esticado sobre a cama, terno floral com camisa de cetim feitos pela melhor costureira de Goiás, meia-calça fio sete, brincos e colar de pérolas de rio. De calcinha e sutiã, Bragança abriu a gaveta da penteadeira e tirou de lá a relíquia do padre Pelágio, um pedacinho do barrete que ele usava nas missas em Trindade. Beijou com reverência a relíquia e a meteu no sutiã, onde pintas pretas respingavam sobre um seio pálido e amolecido. Fez o sinal da cruz. Divino Pai Eterno, vós concedestes ao padre Pelágio o sentido das coisas divinas e humanas. Por isso, ele viveu para vós e para o vosso povo. Por isso, ele acertou o caminho que vai até os necessitados e sofredores. Pela intercessão do padre Pelágio, atendei o meu pedido. Concedei-me a graça que vos peço com fé e confiança. Então Bragança falou com Jesus, de olhos fechados, soprando coisas secretas, coisas em que ela acreditava. Feitas as tratativas, voltou a rezar em voz alta, um pai-nosso, uma ave-maria, uma glória ao pai. Preferia rezar de calcinha e sutiã, flertando com a nudez, que era a condição natural do homem no paraíso, embora o padre a tivesse censurado em confissão por essa prática. A senhora goza da péssima inclinação dos adamitas, dizia o padre, sem olhar para ela, cabisbaixo no confessionário. Bragança não sabia o que era um adamita, mas ficou sem jeito de perguntar, uma vez que o padre falava como se fosse óbvio. Depois de botar a roupa, ela passou perfume, maquiagem e escovou os cabelos, ouvindo o carro de som que passava perto a convocar o povo.

O marido-prefeito apareceu para acompanhá-la. Desceram juntos as escadas da frente, pararam no último degrau para que o fotógrafo fizesse um retrato, os funcionários da prefeitura e da câmara municipal aplaudindo, e atravessaram a rua. O carro de som, agora estacionado, tocava funk e sertanejo. O pipoqueiro distribuía saquinhos pequenos de pipoca e a mulher do dono do mercadinho, no comando de uma caixa de isopor, dava guaraná em copos de plástico, tudo pago com dinheiro da prefeitura, ao povo o que é do povo, a Deus o que é de Deus, conforme lema de campanha do marido-prefeito. Bragança se sentou em uma das cadeiras reservadas às autoridades, embora não tivesse vontade de se sentar, encalorada, o sapato apertado, o refrigerante quente, doida para ter com os pombos. Queria que a festa chegasse logo ao ápice, que aquilo mesmo, aquela bagunça, não tinha graça nenhuma.

Olhou em torno e viu a juventude nervosa, de boca frouxa e malvada, uma fonte de eletricidade e euforia. Se Bragança pudesse escolher, não estariam ali. Reparou que os homens, muitos de chapéu roto e botina barrenta, não comiam pipoca, não tomavam refrigerante, não sorriam, só olhavam desconfiados a lambança dos outros. Tinham cor de tijolo, botões abertos no peito, mãos feitas de calos e feridas antigas. Gente assim não sabe brincar de nada, ela pensou. Mas as mulheres eram diferentes. Conversavam, comiam pipoca com filhos e netos, gritavam com eles, bravas, carinhosas, algumas magras, outras pançudas, e aproximavam a festa daquilo que Bragança queria que fosse. As mulheres e as crianças, que só falavam dos pombos. Cadê os pombos, tia? Cadê os pombos? Bragança, na luta da espera, arrancou fora o paletó floral, porque também ela só pensava nos pombos.

Às três da tarde, mandaram desligar o carro de som e falaram ao microfone as autoridades de praxe, sobretudo o marido-prefeito, que era sempre quem falava mais. Por último, enquanto traziam da prefeitura as gaiolas, foi a vez de Bragança. Abriu o caderninho de capa dura, pigarreou, ignorando os risinhos da mocidade, e com a voz um pouco trêmula começou a ler o discurso. O povo prestou atenção até as gaiolas chegarem, depois ninguém mais quis saber da mulher do pombo. As crianças entraram em polvorosa, as mulheres se aproximaram para ver, os homens de chapéu, mesmo tentando manter alguma indiferença, esticaram o pescoço para assuntar. Criatura de Deus, o pombo é uma flor que voa. À última frase do discurso, que ninguém escutou, se seguiram um aceno de cabeça da primeira-dama e os fogos previamente combinados. Zum, zum, pow, pow, pow, shshshshi. Os pombos nas gaiolinhas dobraram asas ao avesso, e se bicaram, e se cagaram, e se amontoaram uns sobre os outros, como fossem morrer. Bragança sentiu os joelhos amolecerem. Se acontecesse algo aos pombos, era capaz que caísse dura no meio da praça, de desgosto. Parem, parem os fogos! Ela gritou e acenou, mas nem era necessário; os fogos eram só aqueles mesmo.

Passado o susto, os bichos foram se ajeitando de novo nas gaiolas, olhos arregalados, vivíssimos. Respondendo à convocatória do prefeito, o povo começou a jogar pipoca para eles, aos montes, uma quantidade que nem cem pombos comeriam. Os floquinhos, misturados aos copos de plástico arrebentados e grudentos de refrigerante, formaram um tapete de imundícies no chão da praça. E mais e mais pipoca, sem parar, até que a primeira-dama tomou coragem de abrir uma das gaiolas. Bragança pegou um pombo, apertando-o com cuidado, e jogou o relutante animal no ar. Ele subiu meio metro e caiu no chão, mas parou de pé, sem drama. Pôs-se a comer freneticamente enquanto o povo, ainda mais ouriçado, esvaziava os saquinhos de pipoca. Com o segundo pombo, aconteceu o mesmo. E com o terceiro. E com o quarto. E com o quinto. Apenas o sexto não comeu — caiu com uma das asas estropiada, esticada ao longo do corpo roliço. Ferido no ardor dos fogos, não teve apetite. Os demais comeram feito loucos.

O marido-prefeito mandou o carro de som voltar com a música e abriu uma lata de cerveja oferecida por um correligionário, gargalhando de alívio. Finalmente estava livre dos pombos. Os jovens dançavam, se abraçavam, cantavam, bebiam Corote de morango no gargalo e fumavam Winston. Atiravam longe as garrafinhas de Corote vazias, que rolavam e se acumulavam pelos meios-fios. Dos homens de chapéu, não restou nenhum. Já as mulheres continuaram pela praça, mas cuidando de seus assuntos, conversadeiras, de costas para o lixo onde os cinco pombos sãos comiam como se nunca tivessem se alimentado. As crianças catavam as pipocas e jogavam para cima, às vezes para os pombos, jogavam umas nas outras, até botavam na boca o que pegavam no chão, brincando desvairadas. Um funcionário da prefeitura recolheu a ave inválida de volta à gaiola, por instinto e iniciativa dele, que ninguém estava preocupado com isso, nem mesmo Bragança. A ela, só importava que um dos pombos sadios voasse, ao menos um, antes que a praça ficasse vazia. Mal respirava apertada nas roupas quentes e no sapato horrível, olhos ávidos sobre os pombos, suarenta, alucinada, morta de sede. Mas os pombos, desgraçados, que tudo viam e de tudo sabiam, se recusaram a voar.

Mandiocal

LOURIVAL ESCORA A ENXADA na terra, arranca o boné amarelado e esfrega a barra da camiseta na testa. Uma papa de suor e barro se deposita sobre o rosto do vereador Amaury Barbosa 15500, político que morreu de infarto há doze anos em um churrasco com correligionários na fazenda São José. Lourival não se lembra se votou ou não em Amaury Barbosa, nem se ele foi ou não um bom vereador, de modo que o rosto na camiseta lhe passa sempre despercebido. As cigarras cantam nas árvores perto da casa e, nos morros, as últimas queimadas atraem os gaviões, que planam caçando insetos no ar aquecido pelo fogo. Encostado no cabo da enxada, Lourival olha para os gaviões, o céu escuro de nuvens e fumaça. Deve chover de hoje para amanhã, ele diz, a terra vai ficar boa para receber as manivas. Lourival quer o solo bem destorroado para que a mandioca cresça livre e engrosse raízes. Vê Maria caminhar em sua direção com um copo de vidro, os quartos largos fazendo dançar a barra da roupa, os cabelos cinzentos amarrados para trás, a boca vazia de riso. Agradece com um aceno de cabeça, engole a água de uma vez e devolve o copo enlameado para a mulher. Com a mão na cintura, Maria olha desgostosa a terra remexida, você sabe que nunca plantei aí, nunca. Ela fica em silêncio, cruza os braços, sacode a cabeça. A minha avó falava que nada vinga nesse canto, tem muita argila, apodrece tudo, não sei por que você teima. Lourival passa mais uma vez a camiseta na testa, suja de novo a expressão sorridente do falecido Amaury Barbosa 15 500, e retoma a enxada. A mulher volta para casa com o copo vazio.

Já plantei de tudo, Lourival balbucia e repete em voz alta depois que Maria se afasta. Já plantei de tudo, de tudo. Era seu versículo: já plantei de tudo. Só de olhar, de sentir o cheiro, de cavoucar um pouco, Lourival sabe se o solo vai ou não com a mandioca e acha essa história de argila uma bobagem. Os vizinhos mantêm mandiocais e nunca tiveram problema, exceto com percevejo-de-renda e mandarová, pragas que aparecem vez ou outra e que não têm nada a ver com a qualidade da terra. Em um chão bom como aquele, as manivas crescerão fortes, grossas, disso ele tem certeza. Mas Lourival não quer discutir com Maria, não quer brigar. Um mandiocal é coisa que vem querendo há tempos, desde que se juntaram. Ele a conheceu nos preparativos para a festa de são João, quando Lourival viu Maria discutir com o padre. Em defesa de umas bandeirinhas, ela havia apontado o dedo contra o nariz do cura, como se não fosse aquele um homem, santo e estudado, como se fosse um igual. Lourival achou engraçado e logo soube pela boca do povo que aquela mulherzinha invocada não tinha filhos e possuía um sítio onde vivia só, tendo por ajudantes apenas uns miseráveis que apareciam de vez em quando, nas temporadas de plantio e colheita. Era boa de corpo, tinha uns olhos muito vivos. Casou-se aos quinze, mas, aos vinte e poucos, já contava com marido sumido no mundo. Um dia, vieram avisar que ele havia morrido de tiro num puteiro em Formosa. Maria não quis fazer a viagem para reconhecer o corpo e o homem foi enterrado por lá, mais ou menos indigente. As pessoas acharam aquilo uma barbaridade. Por pior que fosse, era marido casado na igreja, merecedor de missas e sacramentos, mas Maria não se importou. E não se importou porque nunca se importava com a opinião de ninguém, teimosa feito o diabo. Agora na minha lavoura ela não vai mandar, ele reclama, revolvendo a terra com a enxada.

A forragem da mandioca, Lourival pretende usar para alimentar os bichos. Fará bom feno com as ramas novas, partes mais tenras da planta, e porá fora as partes lenhosas, por medo de ferir o estômago dos animais com alguma lasca. Ele imagina o feno, imagina os bichos ruminando e continua a revolver a terra. As raízes, comerá cozidas, com arroz, feijão, galinha e umas gotas de pimenta curtida no azeite de babaçu, que ele mesmo faz. E imagina a comida, e imagina o ardor da pimenta, e continua a revolver a terra. Desde menino, Lourival trabalha falando, Lourival trabalha falando muito. A mandioca é uma planta boa, ele diz, feita para atender às necessidades dos pobres, às precisões de gente como eu, que nunca tive nada além de mãos e pernas para trabalhar, nem à escola nunca fui, nem ao médico, nem à cidade grande, embora a cidade grande tenha até vontade de conhecer, só para ver como é. Da terra revolvida, saltam larvas, formigas, besouros, mas Lourival nem vê, assim como não percebe a lida arrancar o suor do corpo, engrossar os calos nas palmas, sujar mais a roupa e as botinas. Mal sente a força que sai dos ossos a cada golpe da enxada, o ranger das articulações gastas, a fome que se avizinha à hora do almoço. Só volta a si quando a enxada bate contra algo duro. Lourival para, larga a ferramenta, afasta a terra que cobre o que primeiro supôs ser uma pedra e descobre uma ripa comprida e curva. Tenta puxar, arrancar do chão, mas está presa a algo, talvez a raízes de mamona. Ele se ajoelha e segue afastando a terra com as mãos até descobrir que várias ripas estão dispostas umas ao lado das outras. Isso são costelas, ele diz, e de porco. Mas quem teve a ideia de enterrar um porco aqui?

Novamente de pé, Lourival usa a enxada para desencravar o esqueleto que se esconde à flor da terra. Escarafuncha onde, pela disposição das costelas, imagina que esteja a cabeça do animal. Demora um pouco, mas alcança. Vê uma placa que deve ser do crânio, se põe de joelhos novamente e afunda as mãos no barro. Quando consegue pegar por baixo, puxa para fora e então solta um urro engasgado. Larga o crânio como se este lhe queimasse a casca das mãos, patina até conseguir se levantar. Segura o peito na altura do coração, na altura também da orelha esquerda do Amaury Barbosa 15 500. Lourival já passou dos sessenta, os músculos do coração murcharam, como estavam murchos os do Amaury Barbosa 15 500 no dia daquele churrasco na fazenda São José. Não é que nunca tenha visto homem morto, viu vários, mais do que gostaria, só não esperava encontrar um ali, na terra mansa onde se preparava para plantar suas manivas. Sente a boca secar, nem parece que bebeu um copo d'água. Solta a mão do peito e respira compassado, também não vá ter um treco por causa de uma coisa dessas. Mais calmo, se ajoelha de novo e toma nas mãos o crânio avermelhado pela terra. Limpa, apalpa, vê que faltam alguns dentes. Há um buraco do lado direito, acima de onde antes ficava a orelha. O buraco tem mais ou menos o formato de uma estrela de quatro pontas.

Agachado, Lourival desenterra o esqueleto todo, sem tirá-lo do lugar. Está inteiro, com exceção do buraco na cabeça. Há ainda restos de uma calça no corpo e uma aliança entre as carcaças da mão esquerda. Tocando os ossos com cuidado, pelo feitio da ossatura, pelo tamanho, crê que tenha sido um homem, mas não pode desvendar nada além disso. Apoia as mãos no joelho, se ergue e chama pela mulher. Grita o nome dela uma, duas vezes, três, até que ela aparece na porta da casa, aos berros. O que foi, diacho? Não sabe que estou com panela no fogo? Lourival faz sinal para que se aproxime. Maria responde também com um sinal, para que espere. Entra em casa, leva alguns instantes e sai aos resmungos. Conforme avança, seca as mãos nas coxas, no desbotado do vestido, até perceber que na expressão de Lourival há algo grave, uma cara que nunca viu antes. Maria diminui o ritmo, esquece as mãos soltas sobre o pano da roupa. Olha para o chão rasgado onde jaz o esqueleto, boquiaberta, e encara o marido. E agora?, ele pergunta. Ela não diz nada. Lourival se abaixa e pega o crânio, vira para a mulher a face quebrada. Acertaram uma nesse caboclo aqui, não acertaram? E eu que sei? Uai, sabe mais que eu, vive dizendo que nasceu e cresceu nesse rancho, pois então. Maria abre a boca para brigar, não botou homem em casa para isso, mas acaba sem dizer nada. Vendo o desagrado da mulher, a quem também não quer contrariar, Lourival larga o crânio sobre a terra. Esfrega as mãos sujas no rosto a essa altura irreconhecível do Amaury Barbosa 15500, arranca o boné e coça o cocuruto. Maria, você não se aborreça, mas tenho pra mim que sua avó tem envolvimento nisso. Ficou doido? Não era sua avó que falava pra ninguém plantar nesse terreiro? Vai ver tinha medo que descobrissem o defunto. Ah, minha nossa senhora, Lourival, você só fala besteira!

Maria faz que vai, mas acaba ficando ali mesmo, com os braços cruzados à frente dos peitos abundantes, pendentes dentro do sutiã velho. Não pode permitir que um sujeitinho manche assim a memória de sua avó, que criou onze filhos e uma renca de netos. Era tão boa que até quem não era parente de sangue, sendo estimado, acabou recebendo um dinheiro ou uma porcelana da casa quando ela morreu. Quanto aos filhos, e Maria era tratada não como neta, mas como filha, porque órfã de pai e mãe, quanto aos filhos, cada um recebeu sua parte e fez com ela o que bem quis. Em menos de dois anos, todos se desfizeram de suas parcelas, restando apenas Maria na fração que lhe coube. A minha avó era uma santa, ela diz com os lábios contraídos. Lourival ergue os ombros e, talvez por provocação, aponta com a cabeça para o defunto. Você não era nada antes de se juntar comigo, Lourival, nunca tinha plantado um pé de couve que não fosse em terra dos outros. Plantei, sim, Maria. Ah, plantou muito, plantou com *sem-terra*! Eu sou um homem sem-terra mesmo, Maria, não herdei nada de ninguém. Ah, você estava era correndo risco de tomar bala de fazendeiro, seu trouxa. Maria, não diga essas coisas. Digo, sim. Com meu trabalho, só fiz enriquecer os outros, a vida inteira, até que conheci o... Ah, lá vem você com essa história de novo! O que eu fiz agora? Você devia ter vergonha de falar da minha avó, que ela nunca mereceu essa falta de respeito. Lourival entende que tenha soado ofensivo, realmente não se deve falar assim dos mortos, e pede desculpas, mas não consegue imaginar outra razão para que a velha tenha proibido cultivo naquela parte do terreno. Ao contrário do que Maria diz, repetindo o discurso da avó, não tem argila ali. O que tem é um homem morto e por sinal muito mal enterrado, já que Lourival não cavoucou a terra tanto assim. Talvez o cadáver tenha aflorado com o tempo, mas a impressão é a de que o assassino enterrou de qualquer jeito, como deu. Não quero ofender você, menos ainda sua finada avó, mas não tem argila aqui, Maria, não tem, de repente encontro esse defunto, fica confuso, acho melhor nós descer na vila e avisar a polícia. Ainda com os braços cruzados, Maria sobe e desce os ombros. Olha mais uma vez para o esqueleto esticado na cova, ergue a cabeça, diz que vai terminar o almoço e caminha de volta para casa.

Como se brincasse de montar, Lourival encaixa o crânio onde o encontrou. Isso já foi um homem, meu Deus. Um homem! Faz o sinal da cruz, se levanta e deita a enxada no ombro. Os gaviões continuam a caçar os insetos que são empurrados pelo calor do fogo em direção ao céu, onde já não se pode distinguir nuvem de fumaça. Os últimos dias da estiagem são os mais duros, os mais quentes. Atrás da horta, o mato seco crepita e as ervas ao longo do caminho que leva à casa estão cobertas de folhinhas marrons e amarelas, mortas ou quase mortas. Antes da chuva, nem o verde é o verde que se costuma ver, até as plantas sadias têm outro tom, descorado, lívido. Mas agora Lourival não espera mais pela chuva nem pensa nas manivas. Caminha com a imagem muito viva do esqueleto na vala, as órbitas profundas, as fossas do nariz, os ossos soltos como restos de um frango na lixeira. E imaginar que um dia ele também será isso, partes sem carne nem pele, inúteis. Lourival suspira. Larga a enxada na varanda, bate as botinas no pano úmido esticado em frente à porta da casa e encontra o prato fumegando em cima da mesa. Maria está de costas, perto da pia. Lourival se aproxima para lavar as mãos antes de comer, embora esteja sem apetite. Aborrecido com a situação, com a necessidade de ir à polícia, raça da qual jamais gostou, por pouco não nota que a mulher está chorando. Calma, Maria, não precisa deitar pranto, eu não quis botar a culpa na sua vó, não. Minha preocupação é esse defunto, temos que avisar o delegado. Não gosto de polícia, não gosto mesmo, mas fazer o quê? Maria nem ergue o olhar, apenas diz que, se ele for à delegacia, acabou. O que é que acabou? Acabou, Lourival.

O lábio inferior dela treme, os olhos fixos nas panelas abertas, as mãos apertando o vestido. Ei, por que você está com medo? Maria abre a boca, quase diz, quase fala, mas, em vez disso, explode em lágrimas. Você nunca vai entender, vai contar, minha Virgem Santa, e eu vou ser presa! Ela tropeça por dentro em soluços, Lourival pede que se acalme, embora também esteja assustado, sem entender o que está acontecendo. Eu vou ser presa! Ela apoia uma das mãos na pia e com as costas da outra enxuga a secreção que escorre das narinas. Do que você está falando, mulher? O meu marido, o meu ex-marido, ele... Lourival fica olhando para Maria naquela pausa e tudo soa absurdo, sua Maria ter um cadáver no terreiro, o esqueleto brotando da terra, os gaviões planando em círculos, a atmosfera rarefeita. O que está acontecendo, Maria? Fala! O meu ex-marido, ele não foi embora, Lourival. Os dois se olham, parecem não respirar. O homem comia da minha comida e depois ficava me dando ordem, faz isso, faz aquilo, como se fosse um rei. E me batia, batia muito, batia tanto que perdi duas crianças na barriga, Lourival. Na segunda, só não morri porque a curiosa apareceu para ajudar. Eu não aguentava mais, eu não aguentava. Aí eu disse chega, chega que não vou aturar mais, que não vou... Os olhos de Maria desabam, desaguam, desaparecem. Entre soluços, conta que bateu na cabeça dele com um machado, em uma noite de muita violência, depois arrastou o corpo e abriu uma vala para enterrar. Como o homem vivia falando pelos bares que não havia nascido para roça e mulher feia e que ainda largaria aquela vidinha de merda, ninguém duvidou quando Maria disse que ele tinha ido embora. E o defunto de Formosa, aquele que diziam ser do seu marido? Ah, esse não sei quem é, confundiram.

Minha vó nunca encostou a mão em mim, pois fui apanhar de quem? Maria se senta em uma cadeira ao lado de Lourival. Olhando para a moringa de barro, mexe em um botão do vestido. Lourival sente como se fosse ele próprio a receber o machado na têmpora, a ser enterrado igual a um cachorro na cova rasa. Não existe justificativa para se matar um homem. Ou existe? Não que a situação fosse certa, mas uma boa mulher não faria uma coisa dessas, ele pensa, imaginando também a extensão dos ferimentos que o marido deixava nela. Por que você não pediu ajuda? Lourival espera por uma reação hostil à pergunta, mas Maria, ainda girando o botão do vestido, ri de tristeza. Quem viria me acudir neste fim de mundo, homem? Não sei, talvez... Eu podia gritar-espernear aqui o dia inteiro, ninguém ouvia, ó o tamanho desses morros, o grito da gente se perde aí no meio. E a curiosa, Maria? A curiosa não podia ajudar? A curiosa é um mistério, aparece e desaparece, não é chamada. Eles se calam. Lourival não acredita que Maria tenha sido capaz de cravar um machado na cabeça de alguém. É nervosa, mandona, mas não é de fazer maldade. Nunca atribuiria a ela a morte de um homem, ainda mais considerando a fé que ostenta nas festas dos santos, nos terços e nas novenas do padre Pelágio. Como Lourival gostaria que nada disso fosse verdade, esse cadáver no quintal, e que pudesse continuar com Maria sem mudança na vidinha que vinham levando. Mas como? Para ser o próximo a levar uma machadada e apodrecer no terreiro? Por que você não pediu ajuda? Por quê? Ele não tem coragem de repetir a pergunta, apenas coloca a mão direita no ombro dela e pede que não se preocupe, vai enterrar o defunto de novo. Maria agradece e vira o rosto para a parede, onde um retrato da avó, uma fotografia colorida à mão, descansa ao lado de um calendário de campanha. O rosto de um homem rechonchudo, de camisa social azul e dentes brancos, estampa o calendário. Em verde e amarelo, abaixo da foto, lê-se: vote Amaury Barbosa Júnior 15111. Lourival sai de casa, olha para as nuvens que acinzentam o céu, deita a enxada no ombro e caminha lento rumo àquela cova que, agora ele entende, nunca, jamais será mandiocal.

Titan 125

A PÉ NÃO DÁ. Seis quilômetros de estrada, sem acostamento, debaixo de sol, só o asfalto quente e carcomido de buracos em que caberiam um pneu inteiro. Seis quilômetros assim é muito. Neverson se remexe nos lençóis, revirado na penumbra, coça a cara e o couro cabeludo, para de barriga para cima, com os olhos abertos. É, sem moto não tem jeito. Há sons na casa, alguém se levantou, usou o banheiro e não deu a descarga. Será a mãe? Será a avó? Talvez o tio ou o avô. Acende o celular, o clarão aperta as vistas, iluminando a parede sem reboco e um monte de roupa suja em uma cadeira ao lado da cama. Faltam quinze para as seis. Pedirá a moto antes que Geraldo invente uma desculpa para não emprestar. É sempre assim, ele nunca quer emprestar nada. O celular se apaga, os pensamentos crescem, um galo canta no fim da rua. Geraldo, a essa hora, já está acordado. O amigo se levanta cedo para trabalhar, faz assim para largar o serviço a tempo de jogar uma sinuca no fim da tarde, então não tem problema bater na porta dele logo mais. Neverson puxa e arranca pelos ao redor do umbigo. Uma fímbria de luz passa por um buraco na telha, a escuridão pouco a pouco se dissolve. Quando ouve a mãe abrir a lata de café na cozinha, confere as horas mais uma vez. É agora, ele diz e salta da cama numa presteza de gato. Os braços compridos se põem a remexer o monte de roupas em cima da cadeira, meias e cuecas escorregam para o chão, mas ele não recolhe. Depois de muito revirar as peças, escolhe duas, as que parecem mais decentes, tanto pelo cheiro quanto pela aparência. Escorre então para dentro da calça jeans e passa a camiseta pelo pescoço. Calça os chinelos e tenta sair pela porta da sala sem falar com ninguém, mas, ao bater o portão da rua, ouve a mãe abrir a janela enferrujada. Entrevista de emprego? Sim, senhora! Deus abençoe! Na calçada, acende um cigarro, atravessa a ponte sobre o rio cinzento, passa em frente à igreja sem fazer sinal da cruz e toca palmas diante do portão de uma casa de pé-direito baixo. Ô Geraldo!

O amigo segura um pedaço de pão com manteiga quando aparece na janela com o peito nu, corrente prateada no pulso esquerdo, e faz um gesto para que entre. Dentro da casa, Neverson e Geraldo se cumprimentam com uma sequência rápida de apertos de mão. É hoje? É, responde Neverson. Geraldo ri, balança a cabeça e pressiona o botão da garrafa térmica quatro vezes para encher o copo de café, enquanto mastiga de boca aberta o pão borrachudo. O líquido borbulha e espalha um cheiro doce e quente pela cozinha. Quer café? Sem responder, Neverson pega um copo no escorredor de louça em cima da pia e se serve. Como é que anda sua mãe? Boa, rezando como sempre, parece até que nasceu pra freira, Geraldo responde. Neverson olha pela janela que dá para os fundos e vê a moto perto de umas latas de tinta vazias que Geraldo, pintor de parede, vai juntando por ali. É uma Titan 125 cilindradas, vermelha, mil e quinhentos reais. Neverson sabe o preço porque também esteve de olho na moto, só não arranjou dinheiro para comprar. Ficam os dois em silêncio, até que Neverson gira o café no copo, toma de um gole e aponta com a cabeça para o quintal. Me empresta?

Geraldo pega a camiseta no espaldar da cadeira e se veste sem dizer nada, a corrente descendo e subindo pelo braço fino. Neverson bota a mão no capacete que está em cima da mesa. Os dedos bem espaçados, compridos, pressionando a superfície lisa como quem aperta um crânio. Ele não tem carteira, mas Geraldo também não, e os dois pilotam mais ou menos do mesmo jeito. Nem bem nem mal. São só seis quilômetros, não tem como acontecer nada de errado. Hein, Gera? Me empresta a moto, irmão? Geraldo vira o restinho de café na pia e passa uma água no copo. Não sei, pensei em acompanhar a folia mais tarde. E desde quando precisa de moto para acompanhar a folia, moço? Neverson cruza os braços e espera por outra resposta, sem se dar conta da veia azulada que engorda na testa. Tá, tá, eu empresto, mas ó, ai de você se acontecer alguma coisa com a minha moto. O rosto de Neverson desanuvia. Sorrindo pela primeira vez desde que acordou, mete o capacete embaixo do braço, toma a chave nas mãos, caminha até o quintal e sobe na moto. Geraldo abre o portão, por onde o outro sai patinando, menino bobo, alegre como ninguém. Na rua de terra, Neverson gira a chave e acena para o amigo. Não coloca o capacete, quer ser visto, admirado. Fosse em outro tempo, estaria empinando no lombo de uma égua brava, como quando tinha treze, catorze anos, mas isso ficou no antigamente. Agora só se empinam montarias de metal e é no lombo da moto que ele desce a ruazinha, tronco inclinado para a frente, sentindo-se mais perigoso que a correr perigo. Como quem brande um chicote, acelera ao passar perto de umas mulheres de saias compridas que conversam na esquina, crentes em desacordo com os dias dos santos. Elas se assustam e balançam as cabeças de cabelo também comprido, amarrado na nuca.

Na praça em frente à rodoviária, os homens de chapéu ostentam a bandeira dos reis magos. A reza começará às nove, na casa da dona Maria do Socorro, que todos os anos compra dois garrafões de vinho para o compromisso espiritual com os foliões. Da casa dela, já um pouco tontos, eles passarão à vizinha e depois à próxima e assim por diante. Sob cada teto, cantarão e deitarão a bandeira esfiapada nas camas dos moradores, dando vivas aos reis magos e bebendo sem parar, toda a bebida que lhes oferecerem. A folia acabará à noite, na Igreja de Nossa Senhora do Rosário dos Homens Pretos, onde os foliões chegarão aos tropeços e assistirão à missa em prantos, embotados de fé e álcool. Mas o cortejo ainda não começou, os homens de chapéu apenas empunham seus instrumentos quando Neverson passa de moto. Ele cumprimenta os foliões, são amigos de seu avô, e recebe os cumprimentos de volta. Homens pobres e enfeitados, paramentados com escudos e brasões que eles mesmos desenharam, pintaram e bordaram, um tanto toscamente, com traços honestos e cores vívidas, mas Neverson não repara nesses detalhes. Seu pensamento está em Rosa, nos cabelos muito pretos, nas unhas muito grandes, na carne muito macia, pois apenas por ela erguerá hoje um estandarte; santo nenhum lhe deu tanta alegria.

Estaciona em frente ao mercadinho sem descer da moto e vê a namorada atrás do balcão. Parece sonolenta, entediada, bocejando com os braços cruzados sobre uma vitrine de mortadelas, queijos ressequidos, presuntos pálidos e outros embutidos que ali esperam como órfãos desde os preparativos para as festas de fim de ano. Neverson dá dois toques leves na buzina, a namorada desperta, olha para fora e sorri como se a tivessem convidado para dançar. Na rua, beija o namorado três vezes. O batom cor-de-rosa que brilhava na boca dela se reparte entre os dois. Neverson passa a língua pelos lábios, sente gosto de tutti frutti. Repara em como Rosa acaricia o guidão da moto, em como seus dedos correm pelos retrovisores. O Geraldo emprestou? Emprestou. E que horas a gente vai? Umas quatro? Pode ser. Rosa inventará uma dor de barriga para largar o serviço mais cedo e o encontrará na saída da cidade, perto do trevo. Por terem certeza de que logo estarão nus e vulneráveis, a despedida é desajeitada, agora os beijos se desencontram. Rosa é demais para ele, é demais para Buriti Pequeno, é demais para qualquer homem no mundo, Neverson estremece ao pensar. Deviam fazer uma folia para Rosa.

O tempo passa fraco, não chegando nunca o fim de cada hora, mesmo no bar, onde Neverson joga sinuca e bebe. Quem paga a cerveja dessa vez é Mazinho, outro amigo de infância; todos os seus amigos são de infância. Quando eu arranjar trabalho, Neverson pensa, terei de pagar cerveja a muita gente. Às três e cinquenta e cinco, vira um copo, joga no chão a bituca do cigarro e monta na moto. Evita a rua principal e acelera para a saída da cidade. Encontra Rosa de pé, ao lado de uma placa da qual vê apenas o verso, cavoucando o chão com a ponta da sandália de plástico. Como o sol está forte, ela franze o rosto, mas muda de expressão ao ver Neverson se aproximar. Ele para sem desligar a moto. Os dois se cumprimentam sérios, mais parece que vão assaltar um banco, se banco houvesse na cidade. Neverson entrega para Rosa o capacete. Tem um cheiro azedo, de suor, mas ela mete na cabeça assim mesmo. Estica a perna para subir na garupa, acomoda a bolsinha de crochê no espaço entre as coxas e abraça o namorado por trás.

Contornam a rotatória e, assim entrelaçados, seguem na estrada que leva à caverna. Do asfalto, se desprendem colunas de calor, embora a velocidade da motocicleta torne tudo fresco, pelo menos para ele, que está sem capacete. Logo não há mais cidade ao redor, só o cerrado seco e retorcido, uma que outra casinha distante, branca e suja de barro, e uns gaviões planando. À exceção de um velho que vem a pé pela estrada com um saco de algodão às costas, não cruzam com ninguém. Talvez por ser dia de santos reis, não há gente chegando ou saindo de

Buriti Pequeno. Quando avista a entrada da propriedade, Neverson atravessa a pista na contramão. Estaciona a moto ao lado da cancela. Por prudência, esconde o capacete no matagal, entre uns arbustos de mamona. O que não falta é vagabundo querendo roubar as coisas dos outros, ele diz e põe os olhos na estrada vazia. A cancela está presa por uma corrente, mas eles passam para o outro lado se espremendo por entre as ripas. De mãos dadas, avançam por uma pinguela que atravessa um lodaçal, passam por vacas que ruminam em um mar de moscas e veem uma pele de cascavel largada no trilheiro. Neverson aponta com o queixo para a pele solta. A caverna fica a um quilômetro e meio da entrada da propriedade e eles fazem o caminho em silêncio, comentam apenas sobre o tempo, esse chove não chove, um calor desgraçado, a vila que cozinha no meio do vale. Dizem que pras bandas de Mambaí choveu. É, ouvi dizer. Hoje pode ser que chova. E isso foi tudo.

    A caverna fica em uma depressão na mata, uma cratera tão imprevisível que é como se tivessem metido uma colher na superfície de um bolo e arrancado um pedaço profundo, sem arruinar o bolo, mas revelando algo de sua natureza oculta. Eles olham para baixo, para o buraco no bolo. Veem as pedras ali decantadas, cobertas de musgos e liquens, envoltas em folhas umbrosas que bebem da luz rala que alcança o fundo. Quietos, os dois começam a descer uma escada de madeira apodrecida em que faltam degraus e sobram pregos com a ponta enferrujada para fora. Neverson oferece mãos e braços para ajudar a namorada, o tempo inteiro pedindo que ela tome cuidado, que pise aqui, não pise ali, como quem trata com uma menina de vidro. Em reconhecimento àquele zelo, Rosa se mostra atrapalhada, escorrega três vezes e quase despenca dos degraus, falsamente incapaz de descer sozinha. Quando alcançam o fundo, eles olham para cima, para as copas das árvores que se debruçam sobre a cratera feito mulheres a velar um berço. Dão-se novamente as mãos, avançam alguns passos e param em frente à boca da caverna, sentindo os miasmas, o cheiro de mofo, a escuridão. Veem uma tartaruga e pensam na enxurrada que deve tê-la jogado lá embaixo. Como ela vai voltar pra cima? Não volta, responde Neverson.

Na caverna, corre um riacho barrento, um dos muitos braços que alimentam o Amanaçu, e eles precisam atravessá-lo. Neverson pensou que se molhariam até os joelhos, mas tem chovido na nascente e o volume da água aumentou bastante. Antes de entrar na caverna, ele olha para Rosa como que confirmando a vontade dela em prosseguir. Rosa aperta a mão dele com mais força e fica entendido que aquilo é um sim. Com a mão esquerda, ela tira as sandálias e as ergue no alto, junto com a bolsinha de crochê. Neverson ilumina o caminho com a lanterna do celular, mesmo assim não dá para enxergar quase nada. Por dentro da camiseta, ele leva um saco plástico com um lençol, a carteira, um maço de cigarros e um isqueiro. Puxa Rosa pela mão. Nela, a água barrenta bate no peito.

Não demora até que terminam de atravessar o riacho, agora com jeito de rio, e passam a uma parte iluminada da caverna. Não precisam mais da lanterna e Neverson desliga o celular. Você já veio aqui antes? Algumas vezes. Com mulher? Não, não, só com meus amigos, mais quando era moleque. Hum. Chegam à outra ponta da caverna, que se abre por trás de uma cachoeira. Um casal de mergulhões voa rasante, repetidas vezes, belicosos, à moda dos pilotos de guerra. Olhando para o lado, Neverson descobre que estão muito próximos de um ninho armado no chão, onde dois filhotes tremem as asinhas incipientes, revestidas de penugens cinzentas. Rosa acha bonito e faz menção de mexer, mas é contida pelo braço dele. Melhor não.

Voltam um pouco do caminho percorrido e encontram um canto coberto de terra, longe dos mergulhões. Neverson vê uma camisinha usada e empurra longe com a ponta do pé, não quer que Rosa se sinta constrangida. Estende no chão o lençol que tirou do saco plástico, arranca a camiseta e a calça ensopadas e se deita. A cueca também está encharcada, mas acha melhor não tirar por enquanto. Rosa não se despe, apenas se deita ao lado dele, sentindo muito frio sob as roupas molhadas. Eles se beijam, primeiro com calma, depois com força, a mão dele no pescoço dela, a mão dela no pescoço dele, para que ninguém escape, para que ninguém escape nunca mais. Talvez Neverson esteja apaixonado, talvez Rosa também esteja. Param quando ela ergue a cabeça de repente e acende os olhos no escuro. Ouviu isso? O quê? Escuta, escuta! A água? Não, Neverson! Os mergulhão? Escuta, escuta! O quê? Tem gente!

Ele não ouve nada. Fora a cachoeira, a correnteza e os pássaros, silêncio. Tenta puxá-la de volta para o lençol, mas ela resiste. Tem, sim! Tem gente! Rosa se levanta. Vamo embora! Mas ela não viu que não encontraram ninguém na estrada? Rosa, é dia de santos reis, está todo mundo na folia, ninguém vai... Não interessa, quero ir embora agora, ela se apressa em calçar as sandálias e se levanta. Mas a gente veio até aqui. Anda, vamo embora! Não tem como teimar com ela do jeito que está. Neverson ainda apura os ouvidos para escutar enquanto veste com dificuldade as roupas úmidas, mas até os mergulhões estão em silêncio. A única coisa que ouve é o murmúrio da água, constante como um homem sóbrio. Dá pra sair por aqui? Ela aponta na direção da cachoeira. Dá, Neverson responde. Saem por esse caminho, uma trilha estreita ao lado da queda-d'água, e Rosa reclama por não terem feito esse trajeto na ida. É mais longe, Rosa. Mesmo assim, ela diz, quase caí daquela porcaria de escada três vezes!

Roupas úmidas, sentem a água escorrer pelo corpo enquanto fazem o caminho de volta. Agora o dia refrescou, chuvisca. Gotículas cobrem suas cabeças mudas, formando pequenos prismas que brilham à luz de um sol apático. Não caminham mais de mãos dadas e, quando passam pelas vacas e atravessam o lodaçal, ambos sentem um alívio imenso, por não serem mais obrigados a esse convívio e a essa vergonha. Se ela não queria, devia ter dito, Neverson pensa. Se ele pensou, estava enganado, Rosa se indigna. Do outro lado da cancela, encontram a Titan 125, velha e suja como sempre esteve. Parece até que nasceu assim, essa moto, de segunda mão. É o comentário que Rosa faz depois daquela mudez, quando Neverson se aproxima da motocicleta em passos frouxos e devagar, boca entreaberta, toca o capacete pendurado no guidão.

O mal no fundo do mar

O GALO DE PENAS AZUIS é o que se levanta mais cedo. Sobe a uma pedra no quintal quando ainda é noite e chama pelo primeiro borrão de luz, olhando sempre para leste porque sabe, dentro dele e desde sempre, que os dias germinam naquela beirada do mundo. Dita se ergue da cama e põe os pés descalços no chão à cata dos chinelos assim que o galo de penas azuis inicia esse chamado. Faz isso de modo invariável, diariamente. Assim ela fez também com o pai desse galo, e com o avô dele, e com outros galos que viveram e morreram nesse terreiro. Depois de se levantar, passar as mãos pelo arrepio do cabelo e vestir um blusão puído, caminha até a cisterna para buscar água. Todas as manhãs, Dita volta para a cozinha com a lata de alumínio, ignorando a torneira e a pia, essas facilidades, para verter no bule amassado um pouco da água da cisterna. Acende o fogo, pega o pote de café, o de açúcar, gosta de tudo muito doce, e prepara a bebida. Enquanto o café apura, vai ao banheiro, lava as remelas e acorda o pente amarelo que dorme no canto da pia. Penteia os cabelos brancos e duros, puxando-os para trás até conseguir prendê-los, as palmas das mãos muito claras e todo o resto do corpo escuro e liso, como a pele das jabuticabas. O espelho que tem é pequeno, cabe só o rosto na moldura de plástico, o suficiente para sorrir, ver se os dentes estão no lugar, se as rugas são as mesmas, se cresceram pelos, verrugas e, de vez em quando, há algo novo na sua velhice. Mas hoje Dita está se achando igualzinha ao que costuma ser.

Vai ao quintal e dá de comer ao galo de penas azuis, às galinhas e à marreca. Joga na horta um pouco da água que buscou, cata um maço de folha para o almoço. Volta à cozinha, coa o café e serve no copo de vidro. O pão dormido é requentado no vapor d'água para ficar macio e ganha uma camada de margarina. Sentada à mesa, vê o domingo clarear pela janela, ouve o galo e mastiga com calma. Esse é animal de palavra, diz em voz alta, antes de virar o último gole de café. Às seis, começa a se aprumar para a missa com as melhores roupas que tem: um conjunto de linho cru, um par de meias três quartos, sapatos pretos de fivela, surrados, mas muito limpos, e um blusão de frio. Antes de fechar os botões da gola, empurra para dentro da roupa o escapulário de barbante. Com a bolsa no ombro, para ao lado da porta, em frente à mesinha onde estão seus santos de gesso. A Virgem Maria parece gigante perto do santo Antônio, uma imagem pequenina sem um pedaço da cabeça. E há um são Benedito com eles. Ao redor dos santos, dispõe-se um terço de plástico azul. Dita toma e enrola esse terço na mão direita. Pega uma vela, uma caixa de fósforos, acende e reza com os olhos semicerrados, vendo e não vendo a presença do fogo, mas sensível ao calor que emana dele. A chama se reflete no chão vermelho, que Dita já não consegue esfregar com tanta firmeza, mas que ainda brilha feito fosse época de Natal. A reza sai por entre os lábios, em sopros mornos que ungem as cabeças dos santos e tremulam a chama da vela, perturbando as sombras, assim como a luz ondeia ao atravessar a água. Por fim, ela faz o sinal da cruz, enfia a sombrinha embaixo do braço e sai.

Para chegar à Igreja de Nossa Senhora do Rosário dos Homens Pretos, pisa primeiro o barro, depois o asfalto carcomido, depois os paralelepípedos, a escadaria, se equilibra, quase dança, os sapatos são bonitos, mas machucam um pouco. No Largo, encontra os rostos de costume, aperta mãos, sorri com a calma das manhãs, conversa um pouco, até que o sino anuncia a hora da entrada. Dita se persigna vendo os que se acomodam à frente, os mesmos, os que lá se sentam há gerações, como se aqueles bancos lhes pertencessem, e talvez pertençam, já que alguns têm gravados os seus nomes de família. Ninguém toma os assentos deles, embora não haja qualquer determinação nesse sentido. Ela se senta atrás, junto aos que lhe são mais semelhantes. Não por revolta, pensa que agora que a vista falha poderia sentar-se mais à frente.

Dita fecha os olhos e medita, agarrada ao terço azul. Alguém toca um pequeno sino, ela abre os olhos, vê o dono do mercado ao microfone, ele anuncia o tema da missa. O dono do mercado, desde que alcançou uma graça qualquer que tinha a ver com seus negócios, virou comentarista da igreja, posto que passou a pertencer a ele e mais ninguém. Quando começa o canto de entrada acompanhado por um violão de cordas frouxas, Dita e os demais se levantam. Pelo corredor central, entram o padre e os ministros. O padre é um italiano que tem o nariz roxo em forma de bago e uma barriga protuberante que atrapalha a genuflexão e o beijo no altar. Dita gosta de ver a disposição desse homem tão branco em dias assim, em dias de sol, que certamente lhe são os mais difíceis. Logo cedo, já tem as bochechas coradas, a respiração ofegante, a fronte úmida. Sente simpatia pelo padre que veio de longe, apieda-se de seu exílio, admira-o: o italiano é um homem puro.

Com os outros, Dita senta e levanta, reza e comunga, abre a bolsa, remexe lá dentro e coloca no ofertório uma nota de dois reais, dá e recebe a paz de Cristo. Finda a missa, fica mais um pouco na igreja para rodar um terço à virgem junto com outras mulheres. Antes de ir embora, se vira uma última vez para o altar, abaixa a cabeça, faz o sinal da cruz e admira por um instante o Cristo no madeiro, magrinho e ferido feito um bicho de rua. Como pode uma gente tão ruim? Começa o caminho de volta para casa, seguida por um cachorro doente que a reconheceu. O cachorro não tem mais pelos, está tão coberto de sarna, bicheira e pelanca que já nem parece cachorro, mas um diabo. Apesar da aparência maligna, marcha em uníssono com ela. À sombra do abacateiro, em frente à casa, há uma mulher com uma criança de colo. Dita passa a mão pela cabeça da criança, abre a porta, pede à mulher que se acomode em uma cadeira na sala. A vela que deixou acesa acabou e ela acende outra. Vai à geladeira, pega uma panela de angu de milho com pedaços de bofe, despeja num potinho de margarina vazio e leva para o cachorro. A vasilha de água que mantém em frente à casa ainda está cheia e nela boiam folhas secas e pedaços de fuligem que Dita retira com os dedos. O cachorro come e, depois de lamber o fundo do pote, olha para ela e vai embora. Não estava com sede.

Agora sim, diz para a mulher e a criança que aguardam. Vai ao quintal, pega três ramos de louro, dois de arruda e dois de alecrim. Com um copo americano cheio de água, um copo que ela usa só para isso, Dita se senta em frente às duas. A criança está inquieta nos braços da mãe, choraminga, quer escapar. Então Dita pega novamente o terço que havia deixado ao lado da vela enquanto providenciava a comida do cachorro e sussurra palavras incompreensíveis, agitando no ar o buquê de ervas. Faz o sinal da cruz com o buquê repetidas vezes, enquanto fala em voz alta: eu te benzo pelo nome que te puseram na pia, em nome de Deus e da Virgem Maria, e das três pessoas da Santíssima Trindade, eu te benzo. Deus Nosso Senhor que te cure, que te acuda nas tuas necessidades, seja o mal quebranto, inveja, olhos atravessados ou qualquer outra enfermidade. Deus Nosso Senhor há de tirar. Venha, anjo do céu, e deita o mal no fundo do mar, onde não ouça galinha nem galo a cantar. No mar, lugar imenso que Dita nunca conheceu. Quanto mal cabe dentro dele sem transbordar?

Dita inspira fundo e assopra a cabeça da criança. A mãe agradece, beija as mãos da velha e parte com a menina modorrenta nos braços, a menina quase dormindo, apaziguado carneirinho. À porta, esperam agora mais duas pessoas, uma mulher e um homem que segura um galo. Bom dia, tia Dita, eles dizem. Bom dia. Dita passa a mulher à sala e repete aqueles gestos. Quando termina a benzedura, a mulher retira da bolsa uma caixa de velas e oferece. É a única paga que tia Dita aceita. Depois entra o homem com o galo, explica que a ave está adoentada, pegou gripe em uma noite de chuva; seu galinheiro tem goteiras. Com a ave, Dita não usa as folhas, apenas faz o sinal da cruz no ar e anuncia: as pessoas da Santíssima Trindade querem e podem, de onde este mal veio, ele para lá torne. Em nome do Santíssimo Sacramento, o teu mal saia para fora e o bem entre para dentro. O homem agradece e parte com o animal embaixo do braço. Da porta, Dita olha para a rua, espera. Só vai mexer com o almoço depois que acabar. Assiste às crianças que correm descalças no barro, às pipas que competem com as nuvens, às paredes sem reboco, aos cabos de energia, às calçadas mal varridas, cheias de seriguelas vermelhas apodrecendo. Espera, mas apenas os pequenos correm a ruazinha, aos pulos, aos gritos. Hoje parece que não vem mais ninguém. É assim em dia de missa, tem menos gente precisada. Em todo caso, deixa aberta a porta da casa.

Matadouro

para Gil

A MÃO DA MENINA ABANA pela janela enquanto o carro trota sobre o chão de paralelepípedos. O carro faz a volta na praça, desaparece na curva, volta a aparecer por entre as colunas do coreto e a mão da menina não para de abanar. Abana como se fosse de tecido, a mão. Um lencinho frágil que tremula do mastro dos seus doze anos. A menina dona da mão nunca esteve em outro lugar, seu mundo é Buriti Pequeno, os muros esverdeados onde crescem profusas samambaias, as mangas maduras espatifadas nas calçadas, a beira suja do rio. Seu mundo é a fazenda, a estrada de terra, o feijão com arroz e a farinha de mandioca, as seriguelas, a galinhada com pequi. Seu mundo é o sangue dos porcos no matadouro, os berros dos porcos, os porcos ainda vivos, agonizando, e a camisa suja do tio quando volta da matança. O mundo da menina que abana é o quartinho sem porta, o colchão puído, a prima mais velha que já conhece os homens, os brinquedos muito raros, a missa de domingo. O mundo da menina é aquela mão que abana e abana quase desesperada de medo e vontade de conhecer outras paragens, mundos feitos de cimento e fumaça.

Pela janela do carro, a menina vê a mãe com as palmas unidas junto ao peito, dentes apertados na boca. Vai com Deus, a mãe grita. E tudo aquilo que a menina abandona no abanar da mão sem freio é coisa que as duas, mãe e filha, conhecem em igual medida. Mas a menina saberá mais, infinitamente mais, há de se tornar a pessoa mais importante da família. É o que todos dizem, encantados com a vida que levará na capital. Todos menos Irene. Ela não deu um sorriso, não tomou café, apenas crava os olhos marejados na menina que foi sua. Como dói vê-la partir, como é difícil presenciar esse desterro. É para o bem dela, Irene. Será? Quando o carro desaparece na esquina, Irene faz o sinal da cruz e tomba a cabeça, apertando o queixo contra o peito.

Passa dias, passa semanas sonhando com aquela cena. A filha de coque bem puxado para trás, a franjinha presa com três grampos, abanando a mão pela janela do automóvel. As unhas, pequenas e roídas, pintadas de cor-de-rosa pela prima mais velha. A menina estava alegre, Irene sabia, mas achava boba aquela alegria, uma alegria de quem ainda não entende como a vida pode ser. Morria de medo do que a cidade faria com ela. Com o passar do tempo, talvez se esquecesse da mãe. Ou sentisse vergonha, nervoso, desaprendesse a paciência com analfabeto. Quando a filha voltasse, falariam sobre o quê? Eu não sei mesmo conversar sobre uma porção de assuntos. Irene passou semanas vertiginosas, sem entender direito o que estava sentindo, como não entende agora que a notícia lhe chegou.

Após rever muito a cena da partida, sentada no banco comprido de madeira que fica nos fundos do casebre, perto da meia dúzia de gatos que ali permanecem a despeito da violência com que são tratados, Irene pensa no dia em que a madrinha, que não era bem madrinha, pelo menos não de batismo, decidiu levar a menina para Goiânia. As crianças chamam a velha dona da fazenda de madrinha, ainda que ela nunca tenha batizado ninguém, e a menina passou a fazer o mesmo quando se mudou para lá com a mãe. Em poucos dias, tornou-se a preferida da velha. A madrinha despencava na cadeira de balanço que ficava na varanda do casarão, punha a bengala de lado e cobrava a tabuada da molecada da fazenda. Seis vezes oito, quarenta e oito. Nove vezes cinco, quarenta e cinco. A menina acertava sempre, antes que os outros respondessem. A velha sorria, batia palmas, se engasgava e pedia que a menina lhe trouxesse um copo d'água ou um prato com doce de mamão verde. Você é uma moça muito jeitosinha, falava com a boca cheia e o prato escorado nas mamas. Em um desses dias, resolveu levar a menina.

Irene tomou um susto. Ela quer levar a minha filha? Quer, não é uma beleza? Tenho a cabeça fraca, mas sei que ninguém pode sair carregando filho dos outros assim. A cunhada, que contou a novidade, não soube o que dizer, não imaginava que Irene não fosse gostar. Como era muito difícil explicar qualquer coisa para ela, pediu ajuda ao marido. Este, tio de sangue da menina, convocou Irene ao matadouro. Esfregava ainda as mãos sujas de vermelho em um pedaço de pano quando explicou à irmã que aquela era uma grande oportunidade. Imagine a menina estudando em uma escola de Goiânia. Em troca, ela só precisaria ajudar em casa, acompanhar a madrinha nas consultas, coisa pouca, de neta. Tem certeza? Tenho, respondeu o irmão, a madrinha é gente muito certa. Depois a novidade chegou aos ouvidos da menina, que pulou e dançou pela fazenda o dia inteiro. Naquela noite, conversou com a prima até tarde, cada uma em seu colchão. Cochicharam muito, soltaram risadinhas, comportamento que os mais velhos reprovariam em outras circunstâncias, mas até eles estavam insones. A menina convidada para morar em Goiânia, estudando em uma escola de verdade, não essa miséria que chamam de escola por aqui, e sob a proteção de uma mulher respeitada. A situação era tão extraordinária que todos na fazenda só falavam disso, da sorte da menina. Apenas Irene permanecia desconfiada, emburrada, não gostava da velha. Mas, seguindo a vontade da filha, concordou com a mudança.

Em meio a essas memórias, vem um gato branco e se esfrega na perna de Irene. Leva um chute e desaparece entre os tufos de capim-cidreira que cercam a casa. O café que a cunhada servira na caneca de alumínio horas antes está frio e quieto no centro da mesa, com uma mosca esperneando dentro. Outro gato aparece, Irene joga nele o café. Só a menina pra gostar desses bichos. Mãe, Goiânia parece com o Rio de Janeiro? Irene respondia que sim, embora só tivesse estado em Goiânia uma vez, aos dez anos, para tratar da epilepsia. A única recordação marcante era uma dor de cabeça terrível, ocasionada talvez pelas luzes, eram luzes fortes demais, mas não tinha razão para contar isso à menina. Naqueles dias, sempre que assistiam à televisão, surgiam questões sobre a semelhança entre Goiânia e as cidades envidraçadas que viam no jornal e nas novelas. Irene, sem graça e sem paciência, confirmava. É desse jeitinho aí. A menina dizia não ver a hora de conhecer um cinema.

O gato branco volta, insiste no afeto de esfregar-se nas pernas, até que Irene se levanta enfezada. O bicho corre, desaparecendo entre os arbustos que crescem atrás da antena parabólica. Nos fundos da casa, cai uma escuridão dura. São dez da noite. O irmão aparece para pedir que ela entre e faz isso com muita doçura, um modo que ele não costuma ter. Vem, mana, vem descansar, coloca na cabeça que o dono das nossas vidas é Deus. A cunhada, sabendo que Irene não entraria, leva um prato de canja. Mas Irene não quer saber de comida, ignora o prato em cima da mesa e a segunda xícara de café doce que lhe servem. Volta a se sentar no banco de madeira e a pensar, tentando entender que raio de ônibus é esse que matou sua filha.

A notícia chegou cedo a Buriti Pequeno, mas demorou umas tantas horas para alcançar a fazenda. Na sede, o primeiro a saber foi o capataz, depois a mulher dele. Então o tio da menina ficou sabendo, seguido da tia. Quem soube por último foi Irene. A menina, que morava em Goiânia havia pouco mais de dois meses, morrera atropelada por um ônibus. Disseram que estava voltando da padaria, a mando da madrinha, quando o ônibus passou por cima. Teve quatro costelas quebradas, hemorragia interna, era muito miúda, durou nada no asfalto. É claro que não contaram isso assim para Irene, mas não fez diferença, porque ela não entende. Como é que um ônibus vai matar uma pessoa? Ônibus são vagarosos, ela via os que entravam na vila, como se balançavam sobre o chão de pedras. E a filha não veria um ônibus se aproximando? Era uma menina esperta, todo mundo sabe que era uma menina esperta. Isso não tem cabimento, ninguém morre atropelado por ônibus, ela repetiu o dia inteiro. Irene foi dita incapaz depois de reprovar pela terceira vez a primeira série. Em laudo escrito à mão, um médico atestou que ela sofria de *disfunção cerebral e retardo psicomotor*, sendo, portanto, inábil para os estudos, então Irene saiu da escola e não aprendeu a ler. Mas nunca se considerou burra. Essa história de ônibus não tem cabimento, ela repete. E repete. E repete. O irmão e a cunhada desistem de explicar.

Até agora Irene não chorou. Aquela mãozinha franzina, quer dizer que ela não vem mais? Se lembra da madrinha no banco ao lado do motorista, uma mulher papuda, uma mulher rançosa, uma mulher que não olhava direito para ela, mãe da menina que estavam levando, como se Irene fosse muito pouco, como se Irene fosse nada. A noite já vai alta, Irene olha para cima, para as copas escuras das árvores, e sente um estalo no meio da cabeça. Pá! Faz uma noite sem luar, as estrelas pingam raras por entre as nuvens, e de repente Irene entende tudo. Pisando o cascalho, ela caminha no breu até o matadouro. Nunca havia percebido como é sereno o lugar onde matam os porcos.

É um matadouro simples, que abastece a cidade, distração do fazendeiro, tem cheiro de ferrugem e terra molhada. Sente vontade de ficar mais um pouco, mas não há tempo. Da parede, tira a faca da matança. Guarda como pode entre as dobras da saia e entra na casa.

Vê a sobrinha dormindo tranquila no quarto da frente. Nunca pareceu sentir falta da prima que há pouco dividia esse quarto com ela. Se antes já não gostava da garota, agora gosta menos ainda. É insuportável vê-la dormir com a boca aberta e, por isso, Irene aperta o cabo da faca. Caminha pelo corredor estreito e para diante da cortina que serve como porta ao quarto do irmão, afastando-a com cuidado. Ele está dormindo de shorts, sem camisa, de barriga para cima, ao lado da mulher que se encolhe sob o lençol. Como puderam dizer que a menina estava segura? Como puderam enganá-la assim? A menina, sua única riqueza, a menina, seu único feito, a menina, sua única felicidade, a menina. Em passos vaporosos, Irene avança e para ao lado da cama, ouvindo o ronco cavernoso do irmão. Dormem nessa tranquilidade porque a filha deles estava no quarto ao lado, mas e a sua? Irene deixa o ódio crescer e, quando sente que o ódio já não cabe em si, aperta o cabo da faca.

No banheirinho, acende a lâmpada amarela que pende de uma ripa de madeira e se encara no espelho: é a mesma Irene de antes. Não volta ao quarto do irmão nem ao da sobrinha. Em vez disso, pega a bolsa na sala, que é onde ela tinha lugar para dormir, e confere um dinheiro na carteira. Sessenta reais que ganhara por limpar o casarão mais um punhado de moedas. Trêmula, cata as duas caixas de remédio ao lado do filtro de barro, não quer ter uma crise na hora errada, e enfia na bolsa. Faz o mesmo com a faca e abandona o casebre. Não pegou uma blusa de frio, não calçou um sapato decente. Só saiu da fazenda, largando a cancela aberta, e se pôs a caminhar pela estrada de chão. Espera chegar à vila ao amanhecer. Pegará o primeiro ônibus para Goiânia e, lá estando, colocará uns óculos escuros que não usa há anos. Quem lhe arrumou aqueles óculos? Não se lembra, talvez uma antiga patroa, dos tempos em que fora empregada doméstica na vila. Quer usar os óculos escuros para que não a vejam.

Durante a caminhada, Irene pensa na madrinha. Diz em voz alta que ela não é e nunca foi madrinha de ninguém. Depois grita espumando que a velha pegou a menina para fazer de empregada. Foi ela, a madrinha, a maldita madrinha que o irmão e a cunhada garantiram ser boa gente, quem matou sua filha. Irene briga com um casal de quero-queros, chuta um ninho de coruja buraqueira e nem se importa com as bicadas que leva. Irene já não sente nada, apenas no ombro o peso da bolsa que guarda a faca. Pensa na lâmina fina que atravessa a gordura dos porcos, no cabo grosso de madeira que se acomoda perfeitamente entre os dedos e no silêncio azul que enche o mato depois da matança. Pensa, como sempre pensará a partir de então, na mão da menina, e só para quando o sol surge por detrás do Morro da Baleia, iluminando a curva do rio e os telhados vermelhos da vila.

Rios voadores

NA LAMA QUE DESCE O MORRO DA BALEIA, vemos insetos que esperneiam, pedaços de pequenos bichos, patas articuladas, asas translúcidas, antenas, ossos, carcaças de passarinhos. Além de nós, não há testemunha do que se passa agora, apenas eu e você presenciamos a água pardacenta que desce os morros com toda sorte de galhos e folhas, húmus e liquens. Depois de meses de estiagem, chegaram da Amazônia os rios voadores. Com eles, as tempestades. Sem trégua, durante três dias e três noites, a chuva caiu, encharcando a mata e a cidade, encolhendo os pássaros nos ninhos, enchendo as estradas de sapos que cantam ao dilúvio. Um coro de sapos infláveis, verdes, marrons e papudos, que canta cada vez mais alto. É de uma velocidade impressionante, a enxurrada. Arrasta cobras, pacas, escorpiões, manobra por entre os troncos das árvores, desvia das rochas, arranca a terra crua do chão. Aonde tem tanta urgência de chegar, não sabemos.

Na vila, o Amanaçu aguarda na iminência do transbordamento. Aquele quase, quase, igual a leite fervendo na panela, até que a água malcheirosa extravasa e avança sobre o chão de pedras; o rio não é mais rio. Alcança as primeiras casas, as lojas de comércio, a delegacia e o prédio da prefeitura, dando início à debandada geral, com as pessoas tentando salvar objetos pessoais, documentos, mercadorias. Nas ruas em que a água ainda não chegou, mulheres queimam capim-santo nas janelas e pedem a santa Bárbara que a chuva amaine, mas não adianta, santa Bárbara deve estar ocupada. Nos recintos dessas casas, os espelhos estão cobertos por pedaços de pano para que não atraiam raios. Como a energia acabou, as mulheres aproveitam da mesma vela para rezar e iluminar a casa. Pensam nas galinhas poedeiras que estão nos quintais, nas codornizes, nos canários das gaiolas, se sobreviverão à enchente. Nas ruas alagadas, beatas passam com água na cintura e uma imagem da virgem peregrina devotamente envolta em sacos plásticos. O padre até rezou para que a chuva cedesse, mas desistiu. Diz que deus não é um feirante que vende graças em troca de rezas, não é obrigado a nos atender. Portanto não gasta mais uma única vela pelo cataclismo que abate Buriti Pequeno, só mantém o regime oratório costumeiro. Está no meio de um pai-nosso quando desconfia que os desabrigados logo chegarão à Igreja de Nossa Senhora do Rosário dos Homens Pretos. A igreja fica na parte mais alta da cidade, é natural que procurem abrigo nela.

Zezinho, que há pouco tempo era o único mendigo da região, quer mais é que todos se fodam, que a água bote esse povo escroto para correr. No cemitério, onde ele costuma dormir, à exceção do som da chuva contra as lápides, o silêncio é absoluto. Ninguém sabe que a enchente é só o começo e que a tromba-d'água vem descendo a corcova do morro, mas Zezinho pressente que algo está para acontecer e gargalha de felicidade, chega a verter lágrimas. Pudera ele ver o que vemos, o Morro da Baleia se desmanchando, já sem as primeiras camadas de terra. Há pouco, as árvores começaram a cair. Cagaiteiras, tinguizeiros, ingazeiros, uma sucupira preta. Muitos bichos, encolhidos nos desvãos da mata, sentem fome, muita fome. E na descida a enxurrada arrasa as duas granjas, a de porcos e a de galinhas, dissolvendo-as como se fossem de açúcar. As granjas e tudo o que havia nelas, bichos, merda e gente. Quando a enxurrada que desce o Morro da Baleia encontrar o Amanaçu, os espíritos não se lembrarão de nós.

Na penumbra das últimas casas que ainda não foram alagadas, agarrado a terços e mandingas, comendo restos de biscoitos amolecidos, desatento às crianças que brincam ignorantes do mal que grassa, o povo espera. Não há o que fazer além de esperar. Até que se ouve o rumor da água, a fúria com que invade a vila, um terremoto, e todos correm às janelas para saciar aquela sede estranha de desgraça, ainda que dessa vez sejam eles mesmos os desgraçados. Saem com o que é possível carregar, uma tevê, uma criança, um gato, uma bolsa puída na cabeça. Tentam vencer a correnteza, mas há dificuldade, os paralelepípedos estão se soltando, novos buracos se abrem no chão, não há terra firme. Desentocados, os ratos nadam lado a lado com os homens e nesse momento são tão parecidas as duas espécies que não existe entre elas qualquer animosidade. Aos ratos, nesse dia, é permitido viver. Homens e mulheres choram por toda parte, choram por suas camas e colchões, por suas geladeiras e roupas, pela noite que se avizinha sem teto. Onde dormirão?

No largo, a cruz de madeira tombou e desapareceu carregada pela lama. Na igreja do Bonfim, os jornaizinhos de missa trafegam em ondas, já invadiram o altar, onde a água suja profana uma toalha branquíssima bordada com ramos de trigo. O sacrário está a salvo, mas não se sabe até quando. A tinta das paredes da igreja está caindo em blocos, crostas se derretem na água imunda. Agora que a tromba avançou sobre todas as ruas, o cheiro de esgoto dominou tudo. A borrada das fossas subiu para se juntar à das granjas e neste momento as merdas de todos fazem parte dessa sopa. Algumas estão liquefeitas, se misturaram ao lamaçal, ao passo que outras estão inteiriças e boiam ao sabor da correnteza, cocôs de gente pobre e de gente importante, juntos, como se tivessem brotado do mesmo ânus. Ao padre não resta alternativa, abre agora sua igreja tão limpa e tão branca aos desabrigados, que chegam carregados de tralhas e sujeiras. No calor da urgência, ignoram-se as diferenças de credo, vão todos os que conseguem, lotam a nave e o salão paroquial.

Alguns velhos, auxiliados ou mesmo carregados como crianças, sobem as escadarias da igreja. Essa subida é lenta, não por pesarem muito, mas por serem frágeis, quebradiços. Passam por eles cães de pelo úmido, trotando. No calçamento ao redor da igreja, os cães se espalham em muitas cores: pretos, malhados, brancos e marrons. Dizem que os animais são os primeiros a sentir a aproximação de uma catástrofe e se evadem antes que qualquer pessoa perceba algo de errado, mas aos cães de Buriti Pequeno faltou esse sentido. Nadam calmamente na água empesteada ou seguem a procissão de flagelados que sobe em direção à igreja dos pretos. Lá de cima, os cães veem os gatos nos telhados das casas, sorriem do jeito que sabem sorrir e pensam: nós ainda vamos pegar vocês. Essa indiferença dos cães é insuportável às pessoas que veem os telhados de suas casas boiando na enchente. Por isso, toda hora alguém os enxota a pontapés. Ouve-se um pof, seguido de um ganido. Mas não tem problema, sempre aparece um são Francisco para dizer que os animais também são filhos de deus. E os cães voltam para onde estavam.

Um pouco antes da chegada da tromba, uma caravana de caminhonetes se deslocou para a entrada da cidade. Alguns motoristas ainda aguardam parados perto do trevo, mas cinco caminhonetes, incluindo a do prefeito, já partiram em direção às fazendas. Na estrada, esses homens passam cada minuto a calcular prejuízos, como máquinas que não conseguem fazer outra coisa que não aquelas para as quais foram programadas. O padre sempre comenta que um trator só tratora, já o ser humano pode planejar o plantio, arar, adubar, semear, colher; não há máquina melhor que as mãos do homem. Mas só os que têm dinheiro — e pouco usam as mãos para trabalhar — puderam se safar da tromba que devasta a cidade. Por isso, quando o padre começa a falar da providência e da vontade divinas, poucos têm interesse em escutar.

E como as crianças choram na igreja dos pretos! Choram de fome e frio, choram de medo e cansaço, choram de tédio, choram sem parar. O som reverbera no pé-direito alto, de modo que um bebê corresponde a pelo menos quatro. O cenário naturalmente calamitoso se torna exasperante, sobretudo àqueles que não têm filhos ou que os filhos já estão crescidos. Andando entre os flagelados, com as mãos para trás, o padre comenta que a prefeitura tem de se pronunciar logo sobre a situação. O povo precisa comer, beber água, se agasalhar. É necessária a ação imediata do município, ele diz, como se falasse ao prefeito. Por mais que a chuva arrefeça, vão ter de esperar a água descer e por enquanto a igreja dos pretos é o único abrigo possível.

O pessoal do terreiro, que até crê na providência, mas do jeito dele, chegou e procura um canto para se acomodar. Como outros, trazem galinhas amarradas pelos pés, sacolas e trouxas. Parece então que não falta ninguém na igreja e ao redor dela, estão todos cá, exceto Zezinho, além dos que partiram de automóvel. Atrás dos morros, no fundão do mato, há mais gente, alguns pequenos lavradores e seis indígenas. Mas eles estão fora da rota da tromba, portanto em melhor situação. Para as beatas, não é acaso que a igreja seja asilo nesse infortúnio. Alheias à confusão geral, já centenas de crianças, mulheres e homens se abrigam aqui, elas descem com dificuldade ao genuflexório e desenrolam os terços dos pulsos. Os joelhos acinzentados estalam ao contato com a madeira dura. São joelhos cascudos de tantas missas, como os das velhas que também empunham rosários em igrejas dc lugares distantes, pois essas mulheres são iguais em toda parte. Ave Maria cheia graça, bendito, fruto, ventre, Jesus. Ave Maria cheia graça, bendito, fruto, ventre, Jesus. Ave Maria cheia graça, bendito, fruto, ventre, Jesus. As palavras ecoam na nave dos desabrigados, sob o silêncio dos sinos que há muito não tocam para tristeza alguma.

Nas paredes, a Via Sacra, reprodução em papel de alguma distante coleção de pinturas a óleo, mostra que o filho escolhido também sofreu. Os que contemplam as imagens do martírio se sentem ainda mais insignificantes; se nem a perfeição do Cristo enterneceu o criador, o que será de nós e de nossos problemas? Alguns, ao som da chuva que bate contra os vitrais, vendo tudo arrasado, arrepiados de frio e com a barriga roncando, questionam a existência de um criador. Se ele tudo fez e a tudo sustém, por que criou a natureza imperfeita? Por que padecemos? Filosofam sem saber, mas logo afastam esses pensamentos — se com um pouco de fé já estão em circunstâncias tão precárias, imagine se deus se voltar contra eles.

Uma menina de cinco anos e tranças esgarçadas, debruçada sobre uma trouxa de roupas, olha para o último quadro. Nele, Jesus está morto. Seminu, desfeito nos braços de umas poucas mulheres chorosas que usam véus sobre os cabelos, não se parece com alguém de quem se diria "este é o rei dos reis", sendo precisamente esta a contradição que assombra. Ele está prestes a ser depositado no sepulcro para uma ressurreição que há de vir, mas não se revela. Nos quadros, a história do menino deus acaba assim, não existe o triunfo da vida sobre a morte. São uns quadrinhos tristes, que a menina não entende nem aprecia, por isso logo se desinteressa. Entediada, esfrega os olhos com os punhos, boceja arreganhando os dentes de leite já cariados, deita a cabeça sobre a trouxa úmida, coça uma nádega. Devagar as pálpebras da menina vão caindo, até que o corpinho inteiro, lasso, desaba em colchas de sonhos. Aos poucos, outras crianças silenciam e adormecem, uma parcela de calma é recuperada na nave.

À noite, a tempestade cai ainda mais forte e o padre fecha as portas da igreja para poupar da friagem e da cena do dilúvio os desabrigados. Quietos, ouvem a água que bate contra as paredes e as trovoadas que irrompem ao longe, nos morros. Mesmo os que não são católicos permanecem calados, em estado de meditação, hipnotizados pela luz bruxuleante das velas e pela presença pulsante do sacrário. Nenhuma ajuda, além da que o padre ofereceu, veio de parte alguma. Os telefones não funcionam, não há energia elétrica e a água sai imunda das torneiras. Os adultos não dormem, mas é uma vigília inútil. Pela manhã, quando o sol se levantar, abrirão as portas da igreja e descobrirão que todas as casas desapareceram. E todas as lojas, a praça, o coreto. Verão que não existe mais mercado, rodoviária, hospital, calçamento. Constatarão estupefatos que, à exceção da igreja dos pretos, não há mais nada. Apenas um único e imenso rio, onde Zezinho boiará e gargalhará com os olhos vidrados e a boca cheia de dentes apodrecidos. De um lado a outro do vale, a água se estenderá turva. E o padre desconcertado dirá que talvez a cidade tenha se redimido. Já não existe Buriti Pequeno. E somente nós, eu e você, saberemos: daqui em diante será como se nunca houvesse existido.

Agradecimentos

Aos companheiros Alexandre Staut, Beatriz Leal Craveiro, Larissa Mundim, Leonardo Tonus, Márcio Sales Saraiva, Tonho França e Wilson Gorj, pelas muitas maneiras com que me incentivaram. Às pessoas incríveis da MTS e da Fósforo, em especial Marianna Teixeira Soares e Rita Mattar. Ao amigo Itamar Vieira Junior, pela leitura e generosidade imensa. Aos amados Carlos e Yamandú, por acreditarem. À minha mãe, pelos livros de Cora Coralina.

A marca FSC® é a garantia de que a madeira utilizada na fabricação do papel deste livro provém de florestas gerenciadas de maneira ambientalmente correta, socialmente justa e economicamente viável e de outras fontes de origem controlada.

Copyright © 2021 by Paulliny Tort mediante acordo com MTS Agência

Todos os direitos reservados. Nenhuma parte desta obra pode ser reproduzida, arquivada ou transmitida de nenhuma forma ou por nenhum meio sem a permissão expressa e por escrito da Editora Fósforo.

EDITORAS Rita Mattar e Juliana de A. Rodrigues
ASSISTENTES EDITORIAIS Mariana Correia Santos e Cristiane Avelar
PREPARAÇÃO Luciana Araujo Marques
REVISÃO Eduardo Russo e Paula B. P. Mendes
PRODUÇÃO GRÁFICA Jairo da Rocha
CAPA Flávia Castanheira
ARTE DA CAPA Rodrigo Yudi Honda
PROJETO GRÁFICO DO MIOLO Alles Blau
EDITORAÇÃO ELETRÔNICA Página Viva

Dados Internacionais de Catalogação na Publicação (CIP)
(Câmara Brasileira do Livro, SP, Brasil)

Tort, Paulliny
Erva brava / Paulliny Tort. — São Paulo : Fósforo, 2021.

ISBN: 978-65-89733-38-6

1. Contos brasileiros I. Título.

21-80462 CDD — B869.3

Índice para catálogo sistemático:
1. Contos : Literatura brasileira   B869.3

Cibele Maria Dias — Bibliotecária — CRB/8-9427

1ª edição
1ª reimpressão, 2023

Editora Fósforo
Rua 24 de Maio, 270/276
10º andar, salas 1 e 2 — República
01041-001 — São Paulo, SP, Brasil
Tel: (11) 3224.2055
contato@fosforoeditora.com.br
www.fosforoeditora.com.br

Este livro foi composto em GT Alpina
e GT Flexa e impresso pela Ipsis
em papel Pólen da Suzano para a
Editora Fósforo em julho de 2023.